U0920399

报君知

BAO
JUNZHI

昱峤 著

华龄出版社
HUALING PRESS

图书在版编目（CIP）数据

报君知 / 昱峤著 . -- 北京 : 华龄出版社 , 2022.7
ISBN 978-7-5169-2419-8

Ⅰ . ①报… Ⅱ . ①昱… Ⅲ . ①长篇小说 – 中国 – 当代
Ⅳ . ① I247.5

中国版本图书馆 CIP 数据核字（2022）第 219610 号

策　　划　北京嘉树文化　　责任印制　李未圻
责任编辑　李梦娇　　装帧设计　有点态度设计工作室 · 蜀黍

书　　名　报君知　　作　者　昱　峤
出　　版
发　　行　华龄出版社 HUALING PRESS
社　　址　北京市东城区安定门外大街甲 57 号　　邮　编　100011
电　　话　（010）58122255　　传　真　（010）84049572
承　　刷　三河市金泰源印务有限公司
版　　次　2023 年 1 月第 1 版　　印　次　2023 年 1 月第 1 次印刷
规　　格　880mm × 1230mm　　开　本　1/32
印　　张　7.25　　字　数　131 千字
书　　号　ISBN 978-7-5169-2419-8
定　　价　45.00 元

目录 CONTENTS

泥菩萨

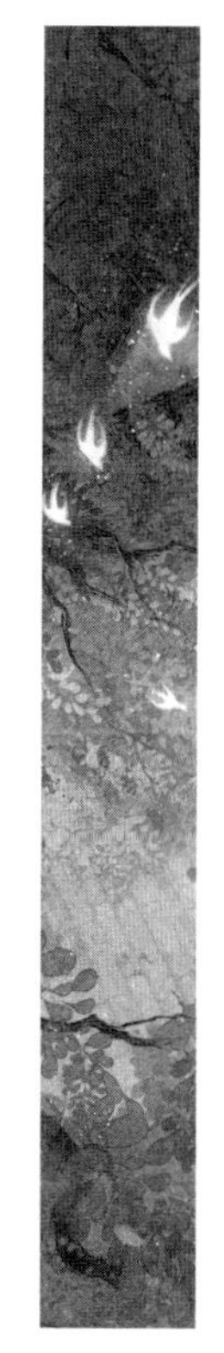

老城区东边的闹市里有一条步行街，路北最深的鱼化胡同尽头，有间名为“旧日时光”的咖啡店，虽然招牌不显眼，位置又隐匿在胡同深处，可生意一直不错，宾客们常来常往，门庭并不冷清。

咖啡店装潢得像个老旧的火车站，屋顶上有个巨大的蒸汽机车烟筒，每到日落时分，会有清脆的汽笛声响起，烟筒也会冒出蒸汽。

店的门前还有块不小的空地，四周用一排茂盛的金镶玉竹围着，整齐地摆放着十几套黑色伞桌。每张桌子旁边都有一台投币式的立式旧唱机，只要投掷一枚一元硬币，就会随机播放一首音色低沉的老歌。天儿好的

时候，这里的伞桌下总是坐满了人。

“旧日时光”有点与众不同的地方，不管是谁，只要踏入院中，立时便会心意沉静，情绪平和，仿佛远离了尘世的喧嚣，而那些脑海中已经被淡忘的美好记忆，会缓缓地一帧帧接连浮现，在这里停留得越久，遥远的记忆越清晰。

所以来这儿的客人大多会恋恋不舍地消磨一整天的时光，不过足了瘾不肯离开。日子久了，老客人们都对“旧日时光”的奇妙之处津津乐道，捎带着对这里的老板也起了好奇心。

但是说来也怪，这位老板竟是从未有人见过。后来渐渐地有个传言，说这里的老板原来是堪舆街的一名风水师，因为数年前做事误伤了人命，所以被夺了戒牒，在此地归隐。

此时是下午，院子的东南角点唱机旁边的伞椅上，坐着一个相貌异常俊美的男人。

黝黑微卷的短发，一双明眸亮若星辰，剑眉长而入鬓，肌肤细腻如玉瓷，尤其那嘴唇竟像是雨后被打湿的玫瑰颜色，脸型轮廓如雕塑般立体，柔美却并未失去男子的英武之气。

他身着一件款式有些复古的修身真丝白衫，双扣高领暗门襟，缀着白玉纽扣，扣子最上面三颗没系，露出了一点坚实的胸肌，袖子整齐地挽至手腕上边，下面是一条卡其色休闲裤，配棕色短马靴。这样的搭配原本十分冲撞，但穿在他的身上，不知为何说不出的舒服、耐看。

男人旁若无人地仰着头眯起眼睛，似乎很享受这午后和煦的阳光。旁边的侍应看见他，着急忙慌地放下手里的活儿，小跑着过来躬身道：“报先生，还是加双份巧克力糖浆的摩卡？”神情竟极为恭敬。

男人有点慵懒地指指旁边的点唱机，轻声说：“老样子吧，没零钱了，帮我投个币。”

侍应殷勤地连连点头，在身上摸索起来，少顷，低声赔笑道：“您稍等，我去柜上拿。”

恰在此时，桌子下边传来一声尖利的猫叫。侍应吃了一惊，低头看去，见桌下趴卧着一只很漂亮的虎斑猫，正将脚爪轻轻放在男人的鞋边。

侍应一见，笑道：“啊！看这儿！”他弯下腰，自男人的鞋面上捡起一枚一元的硬币，道，“哈，还是小猫先看见的，它倒好似听得懂人话。”

侍应随手将硬币投进点唱机，便笑着离开了。

年轻男人低头向桌下看去，那只虎斑猫安静地蹲在他的脚边，仰头张望，眸子里流露出不一般的光芒。此时点唱机里已经播放出缠绵忧伤的老歌，年轻男人重新直起身子，面无表情地低声道：“你胆子倒不小，大白天就敢阴阳两界走。”

虎斑猫仰头目不转睛地看着他，忽然开口说人语：“报君知先生，我有事情求您。”竟然是一个娇柔的少女嗓音。

报君知并不看它，轻声道：“你怎么知道我的名字？”

虎斑猫歪着头，猫爪轻抬：“您这样大名鼎鼎，神技通天，我想不知道都难。”

“是吗？”报君知望着它，“你很是会聊天。”

“求您帮我，我要找一个人，”虎斑猫重复道，“他叫作泥菩萨。”

“我这样大名鼎鼎，神技通天，”报君知学着虎斑猫的口吻淡淡道，“可不会随便管闲事。堪舆街里有的是能干这事儿的，你再去转转吧。”

“我不能去堪舆街。我的事儿，如今只有您能管。”虎斑猫定定地望着报君知。

过了好一会儿，虎斑猫见其不置可否，不觉着慌起来，圆圆的眼睛转了转，忽然沉声道：“报先生忘记了，您刚刚已经收了我的酬金。那侍应取走的硬币，是我放在您鞋上的，您不会破坏自己定下的规矩吧？”

报君知轻笑一声，似乎是听见了十分有趣的事情，他看着虎斑猫：“知道曾经设计过我的人都是什么下场吗？”

虎斑猫愣了一下，眼神稍有躲闪，然而马上又迎着他的目光：“我不知道。我只知道您是个行侠仗义、一诺千金的人，只要收了酬金，天大的事情也会一管到底。”

报君知面无表情，过了一会儿问道：“你为什么不能去堪舆街？”

虎斑猫听见这一问，激动起来，将前爪跪在地上，眼中流下泪来：“求您帮帮我，若不是太过冤屈，我也不会不顾魂飞魄散无法转世的风险跑来冒犯您。我申冤不成都是因为堪舆街里有个风水师从中作梗。他的手段高强，如果您不出手帮我，我就只能做个在尘世中流连不去的冤魂了。”说到最后虎斑猫已经泣不成声。

小猫哭了一会儿，见报君知依旧不为所动，忍不住叹了口气，发出一声尖利的叫声，悲愤道：“原来传闻都是假的，先前我还以为你是个有良知的，所以才费劲儿去找地精灯吃了前来见你，没想到你们都是一丘之貉，为了钱什么伤天害理的事儿都肯干。”

报君知抬头叹息道：“我这里等着你告诉我事情的本末，你不说也就罢了，骂我做什么？”虎斑猫愣了一下，猛地站起身，毛茸茸的身子微微颤抖。

报君知微微一笑：“如你所说，我已经收下了酬金。”

虎斑猫一时间悲喜交加，忍不住又开始啜泣起来。

报君知皱着眉，干脆俯身将其抱到桌子上道：“别哭了。时间紧迫，你吃的地精灯数量不够，效力只能维持三天。现在你跟我说说，这泥菩萨到底是何许人？”

虎斑猫抽泣着蹲坐在桌子上，眼中一片茫然：“我……

不知道，我在人世间听见他说的最后一句话就是，我是泥菩萨。”

接下来的一个小时里，不少途经此处的客人都惊讶地发现，院子角落里某张伞桌下，一个年轻男人正神情严肃地和一只小猫聊天。

市中心二环边有一座纯钢制结构的大厦，所有房间的落地窗都被做成复杂的多棱形状。每到夜幕降临，这座大厦就变得极为醒目，整个楼体被不断变换的彩光包围，那些落地窗因为折射面多，在夜色里如同无数颗硕大的钻石，耀眼夺目，引人驻足。

这座城市里大约没有哪个商人不想在这座大厦里拥有一间办公室，但是绝大多数人都对那高昂的租金望而生畏。

大厦25层最好的位置，开着一家专做进出口贸易的公司，老板姓陈名覆，三十多岁，为人十分高调傲慢，吃穿用度极为奢华。

此时陈覆坐在落地窗前的意大利压花皮沙发上，小口喝着香槟，满面愁容。他对面坐着堪舆街的一名风水师，名唤归春和。

陈覆叹息一声：“我这几天特别不踏实，接连几个晚上做噩梦，老是梦见半年前的那个场面。这样心绪难宁，会不会那女鬼又有什么举动？”

归春和的面前有一张红木八仙桌，上面满满当当地摆着大盘小碟各色菜肴，他正将一大块鹅肝鱼子酱塞进嘴里，脸上还带些陶醉的神情。听见陈覆的话，他连忙使劲儿咀嚼咽下，道：“不必担心，我对她留在你车上的血迹施了符术。那小女娃如今已成孤魂野鬼，元神会日渐虚弱，再过一阵子，单是月阴日华之力便会将她磨灭干净。”

“再者，”他抓起桌上的餐巾擦了擦手和嘴，站起身从陈覆旁边的胡桃木书架上取过一个苹果大小的玻璃盏，只见里面烟雾缭绕一片混沌，“为保万无一失，我还下了这样稀罕的氤氲符灰。那小女鬼若想循迹而来，眼前看见的也只会是一片模糊。”

陈覆依然是一脸忐忑：“大师，稀罕不稀罕的，我也不大清楚。小女鬼先放在一边，我总是担心，万一你们堪舆街有人知道此事，将你的符灰给破除了，那可怎么办是好？”

归春和大笑道：“陈总实在多虑了。不是我夸口，家师教我的时候就说过，这道氤氲符灰最高明的地方，就是只能施放，无法破解。首先，这是我师门自传的符图术，很少有同行知道；另外，其所用的符胆是长翼赤髯蛾的两片尾翅，且要一窝同生的一雌一雄。那髯蛾生在极深的地穴中，特别难寻，要同时得到一窝的，更是难上加难。若不是你遇到这么棘手的事

情，我还真舍不得把这压箱底儿的宝贝拿出来用。”

陈覆听完似乎稍稍放心了，面上露出些许笑容：“这么说，连你师父也破除不了？”

归春和大力点头：“的确如此。家师曾说过，这世上只有一个人可以破除这道氤氲……不过您大可放心，此人根本无处可寻。”

陈覆刚将悬着的心放下，听此一说又紧张起来：“是什么人？”

归春和皱眉道：“是个年轻人，名唤报君知。不久前，家师六十寿辰，这报君知前去贺寿，当时受邀的人都是堪舆街的头面人物，家师却全无顾忌，当即就把首席让给他坐了。我记得那次，这小子还拍着家师的肩膀唤他小五。家师在师兄弟中行第五，我看那小子年纪不过二十上下，所以十分惊异，但是家师既恭敬又惶恐，连连点头称是。

“不瞒陈总说，我是带艺投师的，并未自小住在堪舆街，满打满算进师门也不过两年，所以对师门中的这些人物并不尽知。但后来我看着实在奇怪，就去问跟着师父最久的一位师兄，这才知道，这小子竟然也是紫微堂的弟子，虽然看着年纪轻轻但是没人知道他的真实年纪，反正他的辈分极高，还有些非同寻常的经历……后来我一再追问，师兄却三缄其口，不愿再透露半分了。”

陈覆完全被吸引住了，饶有兴趣地问："年纪轻轻的能有些什么不寻常的经历？"

归春和抿抿嘴："也是后来我四处打听到的，都是些耸人听闻的事情，您若感兴趣，我以后讲给您听。不过这小子的确是我们风水行中的传奇，天赋异禀，奇遇无数，不知通晓多少人所不知的法术。但是他从不随便出手，除非你能让他收下你的酬金。这人做事总是出人意料，又居无定所，行踪飘忽不是，只有他找人，却没有人能找得到他的。"

陈覆听完若有所思地点点头，与归春和相视一笑。两人一起坐在桌前，开始推杯换盏。

那归春和是个趋炎附势之人，这次冒着受惩处的危险去帮陈覆，便是想将其当作靠山，心中已经有了攀附之意。此时借着酒力，便将自己最近所做的得意之事一一道来。

陈覆听了之前那番话，放下心中大石，对归春和频频出言相捧。二人越说越高兴，谁也没有看见玻璃盏中的氤氲之气在一瞬间开始渐渐发散。

几分钟之后，那玻璃盏的雾气尽皆散去，变得通透清晰，一条血红的车轮印记突然显现在胶泥之上。归春和正说得高兴，无意间回头望见这番情景，口中的酒一下子喷出来。他大惊失色地扑过去仔细查看，口里不住地喃喃自语："不可能的，怎么可能，难道那小女鬼真的找到他了？"

正在此时，就听门口传来一个略带调侃的声音：“是啊，偏偏就这么不凑巧。”

屋中二人面面相觑，归春和的脸色忽然有些苍白。

清晰有力的脚步声到了门口，然后“砰”的一声，锁好的门被强大的外力冲撞开来。一个双目炯炯、面目俊秀的男人站在门口，淡然地看着他们。

归春和一看见那男人的脸，立时目瞪口呆，连话也说不出来。

报君知看着他，忽然间面沉似水：“你，是小五的弟子。”

这轻飘飘的一句话，竟把归春和吓得瑟瑟发抖，脸上汗水滴滴滑落。陈覆不明就里还要上前质问，被报君知一把推开。他正要发作，转脸看见归春和满脸的惶恐，脑中猛地想起方才他俩议论的那个人，心中一紧，惊得将手掩在口上。

报君知进屋，旁若无人地在一把皮椅上坐下，转了一圈儿，抬手指着归春和道：“给我背一遍戒规听。”

那归春和已经四十开外，面对年轻的报君知却不敢不依，马上低声背道：“一、图谋不轨者不助；二、重财轻义者不助；三、奸淫掳掠者不助；四、伤人害命者不助……”

报君知望着他，厉声道：“既然你都记着，那就不算是小五有失管教了。”

归春和抬头碰上他的眼神，只觉他双目如电令人不敢直视，一时心中大骇，禁不住口吃起来：“师父平日教导十分严格，我……出师以来，私自违背行规，他全不知情。我……即刻回堪舆街师父处领受责罚。”说着用眼角瞥着报君知，脚下如履薄冰地慢慢向门边溜去，样子犹如小小孩童，畏畏缩缩，竟全没了刚才的气派。

报君知面无表情地看着他躬身经过自己身边，忽然间出手如风地在他的额头上拍了一下。这一下看似不甚用力，但是归春和疼得大叫一声，跌坐在地上，抬头时面露惊惧，额上显出一道淡淡的血痕。

报君知看着他，虽神情淡然，眉宇间却不怒自威：“你这样心术不正的人，不适合开天眼通。回紫微堂自己向你师父陈述所作所为，再去五岳七星堂领罚。只此一次，下不为例。”

归春和听完脸上一阵抽搐，当下也不敢争辩，手捂额头狼狈地爬起来夺门而逃。

“大师，大……”陈覆急忙追到门口，可是外面哪里还有半个人影。

“他也能叫大师？你见过什么啊？”报君知看着陈覆轻笑道，“我讲话喜欢直来直去，你叫泥菩萨？”

“什么泥菩萨？我不知道你说什么，”陈覆面露茫然，转而愤慨地大声道，“这是我的私人地方，你闯进来打伤了我请

来的客人，还对我说些莫名其妙的话，到底想干什么？”

“莫名其妙吗？这个是做什么用的？”报君知回手指着老板台上那玻璃罩中的车轮印记，冷笑着问道。

陈覆略显尴尬，一时张口结舌。

报君知看见屋中有一架投影机，当下站起身，不由分说地上前一把拉住了陈覆的手按在投影机上。

陈覆大惊道：“你……想怎么样？”

报君知挑了挑眉毛道：“带你玩个有意思的，看看半年前的那一夜，你做了些什么。”

陈覆大惊失色，拼命挣扎，却觉得报君知的手犹如钢钳，自己竟难以挣脱半分。他惊怒交加却浑身酸软，毫无办法。

就在此时，没有插电源的投影机突然自己转动起来，影像清晰地投射在对面的幕布上面。

首先是一些混乱的快速移动的人影与建筑物，嘈杂的沙沙声，然后画面突然定格在一家酒店门前，满脸通红脚步踉跄的陈覆走出大堂，来到一辆黑色越野车旁边，费力地将钥匙插进钥匙孔中，随后车子轰然驶出停车场。

画面一阵凌乱之后又恢复清晰，只见一个十七八岁学生模样的少女站在十字路口。少女面容清秀，稚气未脱的脸上带着盈盈笑意，不时低头看着怀里的蛋糕盒子。等到人行道亮起绿灯，少女走上斑马线。突然，夜色中飞驰出一辆黑色越野车，完全没有要刹车的迹象，笔直地撞向毫无防备的少女——

那一刻的场面令人窒息，耀眼的车灯下，女孩下意识地举起单薄的手臂抵挡……

随着一声巨响，女孩像一片树叶般被撞得飞了起来，落在十几米开外的马路中央。车子在刺耳的刹车片摩擦声中骤然停下，随后是可怕的寂静。过了一会儿，惊魂未定的陈覆从车上跳下来向着女孩的方向跑去。

少女仰面躺在地上，脸色苍白，血正从她的嘴里不停地涌出来。看见有人走过来，她努力地伸出手：“送我去医院……”少女的眼中充满恳求，“救救我。”

陈覆躬身低头愣怔地站着，他望着那双在自己面前摇晃着的沾满鲜血的手，却始终一动不动，如同塑像。不知过了多久，他仿佛突然惊醒，小心地四下看了看，又跑到路口看看有无摄像头，先是捡起被压扁了的蛋糕盒子，随后又迅速抱起重伤的少女，匆匆跑回自己的车旁，打开车门将少女与蛋糕一起放到车后座上。

越野车原地掉头，在浓重的夜色中开足马力绝尘而去……

画面又一阵跳动之后，只见黑色越野车停在了一处偏僻的郊外，陈覆将少女从车上抱下来，艰难地向着齐腰深的荒草丛中走去。少女此时神志还算清醒，挣扎着望向四周，见周围一片荒芜，毫无人烟，她立时明白将要发生些什么，脸上露出强

烈的恐惧，哭泣起来。

“不，不要，求求你，”少女用力地挣扎着，眼中泪水滴滴滑落，“我不要你负责。你不要把我丢在这里，我刚刚考上第一志愿的大学，我家里还有个没人照顾的奶奶……”少女在此时忍不住痛哭失声，“不要……求求你……今天我刚满十八岁……”

“不要我负责？我信不过你。对不起了，我是泥菩萨……过江——自身难保了。”陈覆听着少女撕心裂肺的哭诉，却始终面无表情地抱着她向着草丛深处走去。

此时，少女已经因为过度激动而昏了过去。失去知觉前，她只听见了陈覆的前半句话：“对不起，我是泥菩萨……”

陈覆无比震惊地盯着屏幕，良久之后，他恼羞成怒地甩脱了报君知的手，歇斯底里地将投影机抱起来大力摔在地上。

报君知看着他，面露鄙夷之色：“原来如此，当年你酒后驾车，撞伤一个女孩，不但不及时施救，为了逃脱罪责反而将伤者拉到荒郊野地弃之不顾，以至于这女孩无人发现，失血过多身亡。之后，你心中忐忑害怕冤魂缠身，便找风水师用符灰将车轮印盖住，令冤魂无法追踪而来。”

陈覆神情木然地走回老板台边，在抽屉里拿出根古巴雪茄点燃，深深吸了一口，脸上渐渐恢复了平静：“是又怎样？所有的物证人证都已经消失无踪，我还有什么可怕的？你区区一个风水师能把我怎么样？说出来谁会相信你？就你这种像变魔术一样的证据，法庭也不会取信的。”

他越说越觉得自己有理：“我知道你有些名气，会些稀奇古怪的法术，但我也知道，你们堪舆街的风水师若是借用法术伤害普通人，是头等大忌。”此时，他得意地笑着，忽然伸手按下唤人铃，片刻之后门口跑进来五六个身材高大的保安，个个手持电棍，恶狠狠地望着报君知。

陈覆傲慢地看着他：“知道吗？这小丫头家里很穷，如今只剩下个吃着低保、不识字的奶奶，能雇得起你这顶级风水师吗？为这样的苦主出头，岂非太得不偿失？我看你是年纪太轻被她们骗了，日后再找主顾，你得找我这样的才行。”

报君知不置可否地看着他，冷冷地说：“你这个人倒是老谋深算，为人处处设防、铁石心肠。你既然知道女孩儿的奶奶靠低保过活，居然也没有出钱帮忙，可见毫无悔过之心。”

陈覆轻笑：“年轻人你应当知道，这个世界的规则就是这样，天下熙熙皆为利来，天下攘攘皆为利往。”

报君知看着他片刻，脸上忽然露出笑容来：“其实你说的倒也在理，为这种难以自保的主顾出头，确实是费力失益。如果……”他口气忽然和缓，接着话锋一转道，“我若是为你效力，你肯出多少钱？”

陈覆听完大出所料，面露喜色地愣了下，马上换了一副面

孔道：“真的吗？如果大师您真肯为我出力，我随您开价。”说着似乎怕报君知反悔，连忙掏出支票簿撕下一张支票，直接签上自己的名字，递给报君知，“连归大师那样的，我都掏了六位数，您这样的人物，我更是绝不会还价的。什么时候您愿意帮忙，就请自己填上数目，我立时兑现。”

报君知伸手接过看了看，语气轻松地道：“陈总出手果然大方，这样子倒叫我不好意思了。那么，除了不再过问此事之外，你还想让我为你做点什么？”

陈覆一听更加喜出望外，没想到这个传闻中脾气古怪难打交道的风水师竟如此好说话，不但一句话就了了自己的心头大患，而且居然肯帮自己做事。他心中大悦，看来这世上根本没有超脱到不爱财的人。他笑嘻嘻地挥手遣走众保安，关上门，上前拍着报君知的肩膀眉飞色舞地轻声道：“我并不贪心，就想让大师再给我二十年的青春光阴。这二十年中，我始终能保持现在的身材样貌……”

报君知闪身躲开陈覆的手，含笑不语，他将那张支票认真收好道：“这并非难事，不过，凡事讲究个天时地利，现在你的机缘未到，我不便施用术法。你且放心等着，机缘一到，我自然会来找你的。”

陈覆喜得眉开眼笑，口里“活菩萨”“活神仙”地胡乱念叨着，恭恭敬敬地将报君知送出门去。

次日，陈覆因为心中再无挂碍，兼之提心吊胆地过了半年深居简出的日子，早已苦不堪言，此番心头悬着的大石忽然消失，他好比那漏网归海的鱼儿，按捺不住地急急联络一众酒友，在公司旁的酒楼里大摆筵席。

席间众人纷纷敬酒。陈覆心情大好，仗着自己酒量过人，竟是来者不拒、酒到杯干。这顿大酒从中午一直喝到了晚上，众人将两箱高度白酒都喝得见底之时，陈覆突然觉得眼前一阵天旋地转，头部剧烈疼痛起来，只来得及大叫一声，便扑倒在地不省人事。

众人大惊失色，忙不迭地叫了救护车，将陈覆送到了本市最好的一家医院，又请了最好的医生为他诊治。

陈覆在被送到医院后就已苏醒过来，只是全身瘫痪毫无知觉。医院安排了一整套检查，加强核磁与彩色B超、脑电图一样不缺地做了个遍，医生确诊陈覆之前是因为饮酒过量而导致的中风昏迷，但并不是很严重，而目前全身瘫痪的症状，只要经过及时救治以及后续的康复治疗，很快就会完全恢复健康，不会留下任何后遗症。

陈覆的友人与家人听完医生的话都放下心来，因为当晚医院不许陪床，大家守候安慰了一会儿便纷纷离开了。而陈覆听医生讲完自己的病情，也如释重负，躺在床上借着酒劲儿沉沉地进入了梦乡。

深夜，陈覆突然自香沉的睡梦中惊醒，挣扎着睁开眼睛，借着床头灯昏暗的光芒，模模糊糊地望见自己床头站着个人。他有些吃惊地定睛看去，竟是那个神秘的风水师——报君知。

报君知双手抱在胸前，原本一脸悠闲地望着他，此时见他醒来，面露微笑地上前道："陈总，恭喜恭喜！今日，你的机缘已到，你的钱，我收下了。如你所愿，我会为你将眼前的样貌身体保留二十年。这二十年中，我保证你的身体绝不会有一丝一毫的改变，"他拍拍陈覆僵直的胳膊、大腿一脸诚恳道，"放心吧！凡是现在不能动的地方，这二十年里也必定继续无知无觉。"

陈覆听完又惊又怕，怒火攻心差点昏厥过去。他全身包括脸部在内都处于麻痹状态，无法做出任何反应，但是身体剧烈颤抖，瞳孔急速收缩，一双眼睛眨动不停，血压监测仪显示，他的血压瞬间升高到210。

报君知注视着他，脸上的笑容渐渐消失，声音冷若冰霜："陈覆，天下人并不皆是利字当头，你以为有钱就免得了这场牢狱之苦吗？"他一步步走近陈覆，目光炯炯，声音朗朗，"当回头时你不回头，如今落报为前由，我袖中千条开怀策，不为恶人解烦忧。"

病房的楼道里十分安静，值班台里几个护士有的在查看病历，有的在准备注射用具，没人觉察到从特需单间病房的门缝里骤然发出的耀眼蓝光……

第二天主治医生前来查房，只见陈覆脉搏有力，面色红润，病症却依旧没有任何起色，无奈之下又为他做了个全面体检。拿到检查结果之后，主治医生十分讶异地翻看着检验单，低声自语："要是光看这些数据，谁会相信他是个瘫痪病人。脑电波显示他的思维活动正常，全身找不到任何的问题，按说他应该能够恢复所有的机体功能了，可是为什么不行呢？"

躺在床上的陈覆听完，眼神中流露出无比的绝望与难以言喻的惊恐。他缓缓闭上眼睛，两行泪重重地滴落在枕头上。他心中明白，之后的二十年里自己的灵魂将如同一个囚犯被囚禁在毫无知觉的躯体里，求生不得，求死不能。

傍晚，报君知来到郊外一所简陋的平房里，将一个小木箱交给住在里面的满头白发的婆婆，温声道："这里面是您孙女留给您的钱。她让我转告您，别再想念她了，她不会再回来了。"说完轻轻在木箱上拍了一下，声音清脆，如同钹音。

那婆婆先是惊讶，然后似乎明白了什么一般，眼泪滴滴滚落。

报君知随后出门，门口的台阶上蜷缩着那只虎斑猫，正仰头望着他。报君知俯下身对它轻声说道："事情办完了，今生你尘缘已了，去你该去的地方吧。"

虎斑猫点点头，眼神留恋地看了一会儿那个灯光昏暗的小窗口，一团幽幽绿光自猫的头顶一跃而出，当空闪烁几秒之后便无影无踪。之后，那虎斑猫突然站起，眼中却再无异样光芒，懒洋洋地躬了躬身子，慢吞吞地走了。

报君知抬头看了看满天繁星，向着大路走去，身影渐渐消失在夜色之中。

听说后来有一个居心不良的邻居扒着门缝看见那位婆婆坐在床头数钱，遂趁婆婆出门买菜，撬锁进屋，找到她放在床头的那个小木箱，打来一看却空空如也。他正在愣怔，盒中忽然喷出一股黑烟，全部笼罩在他的脸上。他大惊失色地逃回家中，发现整张脸变得如同非洲人一般，黑得面目难辨，最惊异的是用什么也清洗不掉，他的脸足足黑了十日。那邻居吓得整日寝食不安，自此连路过婆婆门前也要绕开，再不敢生一点歪心。

无痕毒药

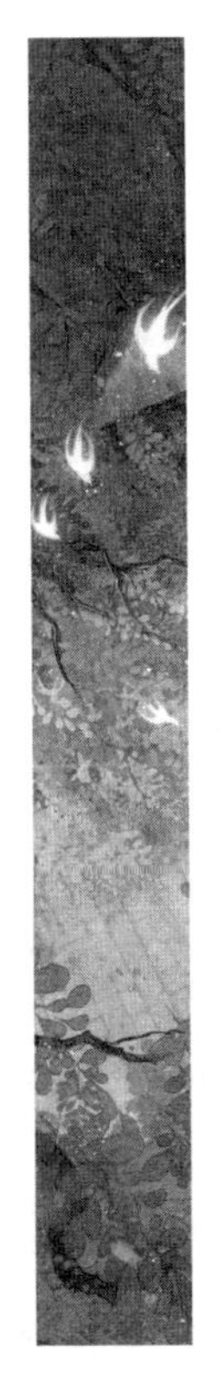

堪舆街向东五公里左右，也有一条很出名的街道，名唤花枝街，这条街出名是因为它实在美丽非凡。街长千米，满满当当种的全是花树，当真是碧桃玉兰紫丁香，蜡梅金桂俏海棠，梨花似雪菊如盏，玫瑰月季遮满墙。

也不知道这条街是怎么个建筑原理，街里的温度与街外总相差几度，夏天不那么酷热，冬天也没那么苦寒，长在这里的植物花期漫长，枝叶粗壮。尤其是四五月份的盛花期，这里恍如花街，整日香气四溢，引得游人如织、热闹非凡。

花枝街里所有的院子都是空置的老宅，无一例外大门紧锁，门前青草漫过台阶，这

也让游人们毫无顾忌，呼喝叫嚷随心所欲。

报君知的住所在花枝街128号院，是一栋被术法隐匿起来的两间四合院。这术法隔绝了外界五感中的形、闻、味、触，单单留着声感这一条线通联示警，所以往来的游人并不能看见或是触碰到这处宅子，但游人们的喧哗能在院子里听得清清楚楚。

每年到了四五月，报君知去“旧日时光”和堪舆街的次数都会变得很频繁，连在街上散步的时间也多了起来。

“旧日时光”咖啡店西院墙的外面，有一条一米来宽的细窄通道，通道的最里面是个阴暗的死角。这里三面被高墙围堵，落满枯叶尘埃，平时很少有人进来。

这天黄昏，报君知自“旧日时光”出来后，径自向着这个小通道走去。此时刚好日头初沉，星月初现，是每天阴阳融汇、光华相抵的时刻，在十分钟左右的时间里，日、月、星的光芒对魂魄的伤害最小。

四下无人，鸦雀无声，他站在通道的最深处，静静地凝视着那个黑暗的角落。也就片刻工夫，只见一团厚厚的灰尘自墙角涌起，打着旋儿在空中停住，然后忽然间，一个头发花白佝偻着身子的老人身影出现在报君知的面前。那身影呈浅灰色，有一部分已经接近透明。

“您好。”虚影老人望着报君知有点紧张地嗫嚅着，“我想，您知道我是谁。”

报君知点头，声音很温和：“你的信我收到了。”

虚影老人更加紧张地看着他道：“那您……”

“还来得及，我会帮你。”报君知肯定地回答。

老人脸色顿显轻松，似乎激动得不知说什么才好，双目泛起盈盈泪光。

报君知注视着他慢慢道：“明天晚上8点，我会在‘旧日时光’靠近第一台点唱机的位子上喝酒。”

老人面露喜悦，连忙点头道：“谢谢您，我会想办法让他去，”随后，老人欣慰地叹了口气，“我这样子也撑不了多久了，过了今晚，终于可以放心地离开了。”说完这句话，他便在阴影中消失不见，那悬浮的灰尘与枯叶瞬间落下溃散。

“旧日时光”虽然是间咖啡店，但是到了晚上8点之后也会兼卖些小瓶装的啤酒与口味清淡的鸡尾酒。

第二天晚上，报君知果然出现在靠近第一台点唱机的位子上，悠闲地喝着一大杯加了冰的帝王之血。邻座的椅子已经被拉出来，他似乎是在等待什么人。

过了一会儿，有个三十岁上下、衣着讲究的男人匆匆走进院子，茫然地四下环顾了一会儿，目光定在了报君知的桌子上。男人远远望着独自小酌的报君知，神情有些迟疑，但过了一会儿，还是迈步走了过去。

“如果你不介意，我想坐在这里。”他有点焦虑地指着报君知相邻的座位说道。

“我要是介意呢？”报君知头也不抬。

男人不耐烦地掏出钱包，从里面抽出一叠百元纸币低声道：“那烦劳您换个位子。”

报君知缓缓抬头看着他手里的钱，脸上挂着淡淡的笑：“我从来不随便拿别人的钱。”

男人脸上有些变色，手里举着一沓钱神情尴尬，进也不是退也不是。

“不过，既然你这么想坐这里，”报君知却在此时话锋一转，“就坐下吧。”

男人松了口气，将钱收好点头坐下。他不自在地四下望望，过了一会儿，似乎是为了打破这有些窘迫的气氛，他望着报君知赔笑道：“的确很唐突，但是昨天，我整夜梦见我已经过世的父亲，他嘱咐我在今晚到这间酒吧来，并且一定要坐在这个座位上替他喝一杯酒。”

男人似乎想解释清楚自己的行为，身子微微前倾对着报君知低声道：“很诡异是不是？这个梦真是很怪，”他无奈地摇头，“说实话，我与我父亲并不亲近，有好久没见过面了。这么多年，我从未梦见过他，可是昨天在梦里他特别清晰地站在我的面前，就像他还活着一样，不停地说着这句话。我惊醒再入睡，还是这个梦，反反复复折腾了一夜。”

报君知似乎没有太在意男人的解释，他把杯子边沿的柠檬片取下来，扔在桌子上，淡淡道：“其实无所谓，反正我也是一个人。”

男人招侍应来，点了一瓶科罗娜。报君知审视着他，这人衣着讲究，穿着巴宝莉浅棕牛皮鞋，古驰短款格子外套，腕上戴着欧米茄机械钻表，面目俊秀，眉宇之间却透着一股阴郁之气。男人见报君知注视自己，礼貌性地报以笑容，当他与报君知的眼睛对视的一瞬间，却突然间像被电击一样，打了个寒战。男人甩甩头，感觉微微晕眩，心中骤然气血上涌，人生过往的种种恍如幻灯片一般，一帧帧快速地浮现在脑海中，一种特殊的情绪开始在他身体里蔓延。

“很奇怪，我忽然很想跟你说点什么。”男人大口喘息着，按了按自己的太阳穴。

“你愿意说就说。我是鱼的记忆力，听完就忘了。”报君知随手从盘子上抓出几根鱿鱼丝打成结放在嘴里嚼着。

看着眼前这个陌生的年轻人，男人实在搞不懂自己为什么会生出想要对他倾诉的愿望来，但是这种感觉出乎意料地强烈，而且越来越抵挡不住。终于，他摇头苦笑了一下，带着些自嘲道：“大概，是我太想让谁理解一下我的痛苦了，哪怕是一小会儿也好。”他轻声说，“我姓瞿，别人叫我小瞿。我现

在生活得很糟糕。”

“怎么糟糕了？”报君知笑着看他。

“我妻子！”小瞿的情绪突然在一瞬间爆发，他咬牙恨恨地说，“你根本想象不到，她是一个多么恶俗的超级自恋狂。180斤的体重，大我一倍的年纪，极其丑陋，她的容貌绝对超越任何一个正常男人的想象力及心理承受能力。”

报君知做出一个夸张的表情，眼前这个小瞿看着似乎真的活得很压抑。

“这女人对我毫无尊重可言，整日像呼喝佣人一般，而且控制欲极强，我的言谈举止都要在她的完全控制之中。可是我……”小瞿痛苦地将杯中的酒一饮而尽，“我不但每天要装出种种惊艳的神情来欣赏她的衣着装扮，还要绞尽脑汁地编出无数花样翻新的溢美之词来赞美她。我存在的所有意义就是让她开心。”

“既然这么难以忍受，你为什么不离开？”报君知凝视他。

小瞿欲言又止，摇头苦笑，抄起桌上的酒瓶猛灌了几口。

“她很有钱吧。”报君知侧过身子，眼中带着促狭问道。

小瞿愣怔了一下，随后陷入沉默。没错，她很有钱，那正是他选择了忍受的原因。这个女人让他知道了什么是生活，在遇到她以前，他只能算是生存而已。

她给了他白墙红顶的海边别墅、古董家具、私人摄影师与医生，还有限量版跑车，以及衣柜里穿不完的知名设计师手工打版定制的华服……她让他脱离了最底层的苟延残喘，开始享受这个世界上所有最顶尖的美妙事物。

而他交出了自己，一个唇红齿白的俊美青年，交出了他最好年华中的每一天。

他一直不确定这交易算不算公平，但是他知道自己已经不能再像以前一样穿着翻版牛仔裤，住在那些低矮的、拥挤不堪的平房里，每天在小公司里干着琐碎而毫无意义的工作，下班只能吃些令人毫无食欲的廉价食物，现在想想那简直不能算食物。即便已经如此卑微地求生，却还要时时担心那破房子租金涨价，怕因做错事而丢掉那令人抑郁的工作，怕连这卑微的生活都被夺了去。

相比现在，简直是云泥之别，想到这里他不禁深深吸气。他对现在的生活满意到无以复加，适应得如鱼得水，那些连最美的梦里都不曾梦见的一切，如今竟真真实实地存在于他的生活之中。从前，在他最大胆的梦想里，也没有过这样精致的蓝图。

现在，如果说他的世界里还有什么令他不愉快的东西，那就是这个女人吧。

报君知看着一直沉默的小瞿，眼神复杂。

“你不知道我整天脑子里想的是什么，真的，谁也不知道，”不知过了多久，小瞿匆匆地抬起头，面带忧伤，又加重语气重复道，“谁也不知道！”

报君知也将杯中的酒饮尽，若无其事地低声道：“我知道。”

小瞿愣了一下，有些迟疑地看着他：“什么？”

报君知直视他片刻，忽然一字一顿地道：“杀妻。”

小瞿大惊失色，“噌”地站起身，因为用力过猛，将坐的椅子也给带翻了。他震惊而惶恐地看着报君知，如同见到了鬼魅，接着连连后退，一转身脚步踉跄地跑了出去。

报君知用两指轻巧地转着小巧的玻璃酒杯，望着小瞿慌乱的背影，微微一笑。

父亲在梦中的话，以及“旧日时光”里遇到的奇怪男人，让小瞿接连几日都惴惴不安，食不知味。他无法确定这两件事之间到底有关联还是没有关联，他尤其不明白一语道破自己心事的陌生男人为什么会带着那种洞悉一切的可怕神情。

他整日被这种巨大的不安全感笼罩着，满心焦躁和疑惑。这让他总想找个安静的地方，将思路捋清楚，可是他那黏人的妻子却一刻都不肯放过他。

“亲爱的！你为什么还不下楼？你换个泳衣要那么久

吗？”楼下传来妻子带笑的声音。

小瞿叹口气，从三层独栋别墅的窗口望下去，看见妻子穿着火红色的两截式泳衣，躺在意大利手工马赛克铺底的私人游泳池旁，笑容可掬地向他挥着手。

他匆忙换好泳裤，忙不迭地下楼向妻子走过去。他在泳池边张开双手，用充满宠溺的口吻由衷地说道：“宝贝，你一定不知道自己这个样子有多么惹火，简直令人有犯罪的冲动。”

壮硕的妻子摇摆着身上的肥肉，发出那种小女孩才有的稚气笑声：“咯咯咯咯，其实，我是知道的，那你还不赶紧过来犯罪。”

小瞿差一点儿没控制住自己的表情，胃里好一阵抽搐。他咬着牙想：简直忍无可忍，老天啊，这就去做那件事吧，再也受不了了。

小瞿早就为做这件事想好了一个完美的借口，他告诉妻子，自己要为病故的父亲处理些善后的事情，这样从妻子那里夺回了属于自己的一整天时间。为了保险起见，小瞿没有开车，他怕车牌与车上的GPS卫星定位系统会给他惹麻烦，他按着抄下的地址，坐计程车来到了那条传闻中总是花开不断的小街——花枝街。一路上他想着在不久之后他就可以永远地摆脱妻子，却依然可以保留现在的生活，心情简直振奋得无法形容。

小瞿进了街口没走多远，就看见了自己要找的院子。他从兜里掏出字条来看了又看，没错，花枝街128号。

那天从“旧日时光”回到家，他的电子邮箱里突然收到一封奇怪的邮件。他是个最小心谨慎的人，陌生的邮件从不去看，但这次不知道为什么，他鬼使神差地一下子点开了。

邮件里只有一句简短的话：出售毫无痕迹的毒药，任何科技手段都检测不出，伤人害命的最佳选择，绝无后顾之忧。

小瞿看得目瞪口呆。这样明目张胆地销售毒药，他还是第一次看见，但是很显然，这封邮件正是他所需要的。

事实上就在两个月前，小瞿已经私下联系了一名黑道人物。他许下重金，那黑道大哥殷勤地为他设计了十几种酷似意外的谋杀方案。据那黑道大哥说，他们的手段非常专业，已经帮助上百人成功地完成心愿，而且迄今为止，无一次被人怀疑。小瞿看着那黑道大哥的做派，总觉得不大可信，又害怕事后这些人以此来要挟他，因此一直在犹豫。

而这封邮件恰在此时及时出现。当看到“毫无痕迹”这四个字，小瞿几乎是立刻就做了决定。这件事事关生死，知道的人越少越安全，若真的能不留痕迹，自然是由自己亲自完成最完美。

此时，他深吸了一口气，郑重地按下了门铃。红漆木门应声而开，小瞿毫不迟疑地抬脚迈了进去。走了几步，他惊讶地发现，里面是个非常精致整洁的小四合院，他匆匆绕过影壁墙，过了耳房，沿着游廊一直走到院中。

一个身穿白色亚麻休闲装，身材颀长的男人正站在一架茂盛的紫藤花下背对着他，小瞿知道这大约就是自己要找的人了。他边思量该如何开口，边脚步不停地走到男人的近前。

那人在此时忽然缓缓回身。俊秀绝伦的面庞，一双眼睛亮若星辰，带着似笑非笑的神情看着他。

小瞿猝不及防地看见报君知的脸，一时间吓得几乎跌倒。他手指着对方，张口结舌地大叫道：“你，怎么是你！”

“怎么不能是我？”报君知淡然地望着他。

“这太凑巧了，不可能这么凑巧，一定是我妻子派你来的，她已经开始怀疑我了，对吧？那天就是她让你在那里等我的。”小瞿的眼神中带着恐惧与惊疑，双手有些神经质地胡乱摆着，一边说一边身子连连后退。

报君知好气又好笑：“喂喂，站住。那天晚上，明明是你自己坐过来主动对我吐露心声的，这个桥段，谁能安排得了？”

小瞿愣怔片刻，似乎松了口气，自语道：“说得也是，那天我是按着梦中父亲的嘱咐去的。这个梦没有别的人知道。”他想了想又疑惑地看着报君知，“可是，你是怎么知道我的邮箱的？”

“这是我用来吃饭的本事，不好对旁人说破。”报君知高深莫测地笑道，“大约是老天要助你成事，机缘凑巧，你刚想吃空心菜，就遇见我这个卖藕的。”

“我要的东西，你准备好了吗？”小瞿虽然暂时放下心来，但是眼前这个神出鬼没的年轻人还是令他心生畏惧，他始终觉得报君知的行径总带着些难以言喻的怪异，此时他心中惴惴不安，只想赶紧拿货走人。

报君知仿佛知道他在想什么，痛快地递过来一个小玻璃瓶，里面有半瓶透明的液体。小瞿迟疑了片刻，终于还是接了过来。他拿着瓶子端详着，见瓶壁光滑干净，没有任何标记。

“有没有怪味道，掺杂在食物里她会不会察觉？”小瞿将那小瓶的盖子打开小心地闻着。

“不是给她喝，是给你喝。”报君知气定神闲地说，“现在就喝。”

“我喝？”小瞿听完大惊，一时间恼羞成怒地叫道，“我就说你这人靠不住，我是要杀人，不是想自杀！”

报君知不屑地看着他：“毫无痕迹的毒，自然不是常人能想到的方法。你把我这药喝下去，自己的身体不会有任何改变，但是……”报君知忽然一笑，“你就变成了毒。她与你朝夕相处，不知不觉就会中毒，接着过不了多久就会毫无痕迹地死去。”

小瞿颇感意外，他低头想了想又警惕地道：“是不是与我接近的人都会中毒？我并不想害不相干的人。”

“我查过你妻子的生辰八字与名字，已经写成符图烧成灰混入药水之中。所以，这药只会对她有效用，”报君知神情十分肯定地说，“不会累及旁人。”

小瞿拿着药瓶，神色却始终犹疑不定。这么快就查到别人的生辰八字与姓名，此人真的不是一早就别有用心，等着他入套吗？再者，古往今来哪听说过将药下在自己身上去毒别人的，放个生辰八字与姓名就可以害人于无形？真的假的啊，现在满街跑骗子，这小子年纪轻轻，说话又神乎其神的，怎么看也不是个能让人放心的主儿。心念至此，他眼神飘忽起来，沉默地转头看着院子中央花圃里一大丛还未开放的玫瑰发呆。

报君知似乎洞悉了小瞿的心思，见他这样的神情，也顺着他的目光望向那丛玫瑰，忽然轻声道：“说起来，我今年真是偷懒了，对花园疏于打理，往年的这个时候早已经花开满枝了。”

小瞿沉默不语，开始想着要怎么告辞，但是突然，眼前的情景叫他目瞪口呆。说话间两人面前的玫瑰花枝上数十朵花苞，无一例外地正在缓缓盛开，眨眼间五色花朵开满枝头，芳香四溢，情景煞是动人。

小瞿被深深震撼，浑身微微战栗。他手指着迎风摇曳的玫

瑰花，望着报君知说不出话来。

“好看吗？”报君知微微一笑，“雕虫小技不值一提。”

小瞿将手放在胸前，好一会儿心情才平复下来。他望着手中的药瓶沉默片刻，然后长呼出口气，眼中再无犹豫，竟仰头将手中的药水一饮而尽。

“我要付你多少钱？”他喝完药目光有些呆滞地问。

“事成之后，我会告诉你。”报君知淡淡地笑着，伸手送客。

小瞿快步走出院子，心里忽然涌上困兽脱笼的快意！他只觉脚步轻快得像是没有负担着体重，连空气都比刚才好闻多了，他自结婚以来，还从未这么想回家过。

这么说，我就真的自由了，在这大好的年华里拥有着我喜欢的所有东西……自由了！小瞿坐在驶向家里的出租车上，激动得双手都在抖，他兴奋地催促着司机：“快点，开快点！”

花枝街的街口有一棵跳枝的老桃树，小瞿走的时候，满树都开满了双色的撒金桃花，而小瞿再回来的时候，是整整一个月之后，桃花已经尽数凋落了。

那一天，小瞿是跑着撞进128号大门的，他满脸焦急脚步踉跄地冲进院子。报君知坐在花藤下的太师椅上，似乎知道小瞿此时会来，正将旁边的红木桌子上沏好的铁观音斟在两个紫砂杯子中。

小瞿气急败坏地跑到他面前站住，上气不接下气道："你说，你到底给我喝了什么东西？不说清楚，别想从我手里拿到一毛钱，而且我也不会放过你的。"

报君知稳稳地坐着喝了一口茶，看着他淡淡地问："你先说，药的效果如何？"

"药效？"小瞿愣怔了一下，似乎不知道怎么描述，过了好一会儿，才有些语无伦次地道，"我回去三天之后，我妻子的体重减了一半，脸上的黄褐斑与皱纹都开始变浅变淡，头发变浓密，整个人都文静下来，然后她的品位与喜好、谈吐与性格都开始改变。我真的很喜欢听她说话，没想到她懂得那么多事情，还有，她的性格也温柔极了，望着我的时候，有时候还会脸红，然后……然后……"

报君知笑意盈盈，将茶杯递给他，问道："然后什么？"

小瞿没有接那杯茶，他按捺不住激动地说道："如果不是亲眼看着，我绝不会相信这种事会真的在这个世界上发生。她每天都在变美，不，是每一分钟都在变美，我离开一小会儿回来再看她，就能发现这差别——皱纹就那么一条一条消失，皮肤一点点紧绷起来，身上所有的疤痕、瑕疵全都恢复平滑，她竟然还长高了十五厘米。

"就像有一台我看不见的整容手术在她的身上悄悄进行着，五官、身材，一处处都被精雕细琢……如今她已经是一个

皮肤雪白粉嫩、明眸皓齿、细腰长腿的美女了，样貌看起来绝不会超过18岁，与之前根本就不是同一个人。我现在完全不敢让她出门。”

“你到底给我喝的什么药？”小瞿忐忑地望着报君知，“为什么会这样？”

“自然是毒药，”报君知气定神闲地说，“你少安毋躁，算算时间，她大约还有两天的寿命。不必担心，当她死的时候，还会恢复以前的容颜，既不会少一条皱纹也不会多一根头发。你是第一次光顾我的生意嘛，所以这个效果是我给你的赠品，我还以为你会喜欢。”

“真是惠赠！”小瞿听完目瞪口呆，沉默了一会儿，他低下头，“说实话，我的确很喜欢，天底下哪有男人会不喜欢？但是你这赠品也太过喧宾夺主了吧，她如今……如今根本就是我心目中最理想的女人，美丽、优雅、谈吐出众……”他带着难以置信的神情激动地说着，“这个世界上再不会有这么令我满意的女人了，你让我还怎么杀她？你赶紧给我解药，我不会伤害我爱的女人。”

“不杀啦？”报君知为难地皱眉道，“事儿做了一半你又改弦更张，怎么一点信用都没有？”

他若无其事地品着茶道：“你当初只要她毫无痕迹地死去，我也只向你保证了这个。”

小瞿听完脸部微微抽搐，他看着报君知，恨不得将这多事的小子踩在脚下，对着他的脸狠踹几脚。他抑制不住心中的怒气，歇斯底里地吼道："可我原本只是要杀掉一个多余的人，你为什么要弄这种画蛇添足的事出来？如今我整个心都扑在她的身上，杀了她和自杀又有什么分别？"

报君知毫不在意地笑道："别动不动就张牙舞爪的，我话没说完，我并没有说这毒不能解啊！"

"那要怎么解？只要她能好好的，我可以付给你双倍的酬金。"小瞿一听事有转机，一时间转怒为喜，双目圆睁，两手紧张地互相揉搓着。

"你，既是毒药也是解药。"报君知低声说道。

"你到底什么意思？"小瞿愤怒无奈地叫道，"直截了当，别给我打机锋！"

"回去吧。你如果不想她死，她就不会死。"报君知的脸上又露出那种懒洋洋的笑容，他将身子舒服地靠在太师椅上，不再理会小瞿。

小瞿愤愤地看着他，无计可施，自从上次看见报君知随手催放玫瑰，便已知道他与常人有异，心中对他的手段有所顾忌，所以不敢逞强，只得悻悻地转身离开。

一个月后，当小瞿再次来到花枝街的时候，街口的老桃树已经结出了小小的毛桃，而这一次他并没有像上次那样风风火

火。推开128号大门时，他脚步沉重，满脸的疲惫与憔悴，衣衫不整，头发蓬乱，看上去足足老了十岁。

“怎么样，你妻子没有死吧？”报君知看着他，似乎十分开心，笑嘻嘻地问道。

小瞿重重地跌坐在报君知对面的藤椅上，眼神有些茫然。他颓然地给自己倒了杯茶，一口饮尽之后，才没好气地看了报君知一眼道：“没错，她确实没有死。我回到家里时，她原本已经虚弱到不能呼吸了，我就跪在她的面前祈祷她恢复健康，晚上的时候，她真的就变得好好的了。我高兴得不得了，那一晚我跟她说了很多的知心话，一直说到深夜，说到我睡着。”小瞿在此时抬头望着报君知咬牙恨恨道，“然后第二天早上一睁眼，我看见的还是我娶的那个女人！”

他将脸埋在手心里，声音里透着崩溃：“她就这么突然间重新变回了那个脾气暴躁的丑陋的自恋狂。我忍耐了几日，忍不住心中又起了杀念，然后她转眼之间就在我面前重新变回我心目中最理想的美女。我还没来得及高兴，紧接着她的身体就虚弱下来，我心中刚企盼她身体无恙，她即刻又变回生龙活虎的丑妇……这一个月来如此循环往复，我简直要疯掉了。”

“事事无完美，有得必有失，你要的不能太多。”报君知点点头。

“你不要再说教了，如果不是你多事，事情怎么会变成这样？我只想知道现在该怎么做。”小瞿的情绪似乎完全失去控制，他大声道，“现在，我只想让这一切结束，马上结束。我一秒都不想等，我要解开这死结。”

“你可以离婚，”报君知忽然收起笑容，正色看着他，“你比任何人都清楚，除了财富，你无法忍受你妻子的一切。这样纠缠下去，不是你有事就是她有事。这死结就是你的婚姻，你只有离开她，才会真正将这结解开，一切才会恢复如常。”

“离婚？”小瞿惊跳起来，“你懂什么？离了婚，我就什么都没有了，我甚至连住的地方都没有，我现在拥有的一切就都与我无关了。”

“但是你赎回了自我，”报君知望着他，“没有了自我，你谈什么拥有？”

小瞿忽然愣怔住了。这句话此时从眼前这个年轻男人的口中轻飘飘地讲出，对他竟如醍醐灌顶一般，他的心境在这一瞬间忽然澄明无比，像是心中空悬的什么终于尘埃落定。他缓缓坐回椅子上，发出一声长长的叹息。

小瞿再次和报君知见面，是又过了半个月之后，报君知将他约在了“旧日时光”。两人依旧坐在初相遇的伞椅上，喝着奶盖咖啡，悠闲地听着点唱机里播放的老歌。

小瞿手里拿着一份报纸仔细地看着，报纸醒目的版面上有

两则紧挨着的新闻。第一则是，警方最近清剿一个黑道社团，因其成员涉嫌多起绑架与谋杀，疑犯供述出所有已经实施案件的幕后指使人，警方随后按照线索将那些买凶杀人者拘捕。另外一则是，本城女首富的丈夫瞿某，近日与其协议离婚，据知情人透露，瞿某于某日深夜向女首富坦言，自己完全是贪图其财产才与之结婚，随后主动道歉并提出离婚，两人迅速办妥离婚手续，瞿某于前日放弃所有财产，搬离豪宅。

“如果不是遇到你，我如今已经戴着手铐坐在被告席上受审了，”小瞿表情复杂地望着那两则新闻，轻声道，“所以虽然你让我失去了一切，但我还是应该感谢你的。”

报君知不置可否地笑笑。

小瞿故作轻松地说道：“可是，你的报酬我可能要暂缓了，现在我一无所有。”

“不必了，”报君知淡淡地说，“你父亲已经付过。”

“我父亲？”小瞿大吃一惊，他一下子直起身子愣怔地看着报君知。

“你之前一直对遇见我有所怀疑，这个感觉没错，”报君知凝视着他，“这件事，其实是我受你父亲所托。你父亲去世前曾经给我写过一封信，我想，你该看看。”他从兜里取出一个白色的信封递给小瞿，站起身拍拍小瞿的肩，“你并不是一无所有。”

小瞿惊诧万分地快速打开信封，认出那确实是父亲的笔迹。他下意识地看了一下日期，不由得深吸了口气，这封信写于三个月前，正是父亲去世的前一天。

他拿着信，尽量控制着自己的情绪，开始阅读。

尊敬的报君知先生，我是从一个朋友那里听到了关于您的种种传闻，然后我想，这个世界上能够帮助我的大约只有您了。

我是个收入微薄的单身父亲，独自抚养我的儿子长大，但是我们的关系一直很糟糕。对于这个情况，需要说抱歉的是我。他幼年时，我因为生活压力，常常酗酒，喝醉后屡屡殴打年幼的他，在衣食冷暖上也很少费心照顾……渐渐地，我在儿子的眼睛里能看见的只剩下怨恨与冷漠。等到我觉醒，想做回一个好父亲的时候，已经太迟了。有一天他突然离家出走，不知所踪。

我找了他很多年，但是毫无线索，直到半年前我在一个电视节目中认出了他。那个节目记录了一个年逾半百的女富翁奢华的婚礼，我惊讶地发现年轻的新郎正是我失踪已久的儿子。我真的无法形容自己当时有多么激动，我辗转找到他的住所。看见他的时候，我走上去打算拥抱他，但是他的态度让我一瞬间如同淹没在冰水之中。他看着我，眼神冷漠傲慢地说：“你

到底还是找来了，说吧，想要多少钱？”

那天，我转身离开的时候，流眼泪了。没有人知道我心里是什么滋味，我知道我不应该责怪他，是我没有尽到一个做父亲的责任，在他最需要关爱与安全感的时候，我给予他的是完全相反的东西。报君知先生，我的叙述可能有些啰嗦，但是恳请您将它看完。因为我再没有时间与体力给您写第二封信了。

找到我的儿子不久，我去医院就诊时被确诊患上了绝症，治疗费用是一个很庞大的数字，那完全超出了我的能力范围。虽然我知道拿出这笔钱对于我的儿子来说非常简单，但是想到他当时看我的眼神，我没有办法对他开口。我整天徘徊在他的住所周围，他若出门我就悄悄跟着他，我时日无多，只能用这样的方法尽量多地和我的孩子相处。然而就在几天前，我在跟着他的时候，听到他打了一个电话，竟然是要别人帮他除掉自己的妻子……我又惊又怕，简直比听见自己的死讯还要害怕。

如果我提醒他的妻子或者报警，我儿子的前途就完了；如果当面去和他说，他是根本不会听的，而且，我想我已经没有多少时间去规劝他了。

报君知先生，我知道您从不随便出手管一件事情，但请您看在这是一个心怀歉疚与懊悔的垂死父亲最后请求的分儿上，请您阻止他。我所有的财产只有一间小小的房子，随信奉上。

小瞿看完时，脸上的肌肉有些抽搐，再抬头，报君知不知何时已经离开了。他摸到信封中还有一个硬硬的小东西，取出来看，是一枚有些发乌的钥匙。

傍晚，他回到了那个少年时逃离的家，那个他曾经充满了恐惧的地方。这个家一天之前在他的心里还伴随着种种令人厌恶的回忆，但是此时此刻，就在他用钥匙打开房门的一瞬间，多年来的愤恨不平与种种怨毒的想法忽然间烟消云散。

站在熟悉的门口，小瞿用手抚着粗糙的门框，家里特有的味道迎面而来。他忽然感觉自己又变回了父亲没有酗酒之前那个纯粹快乐的小孩，这一刻眼泪终于汹涌而出。

他无力地靠在门框上，怔怔地望着空荡荡的屋子，轻声说："爸爸，我回来了。"

闯缸鱼

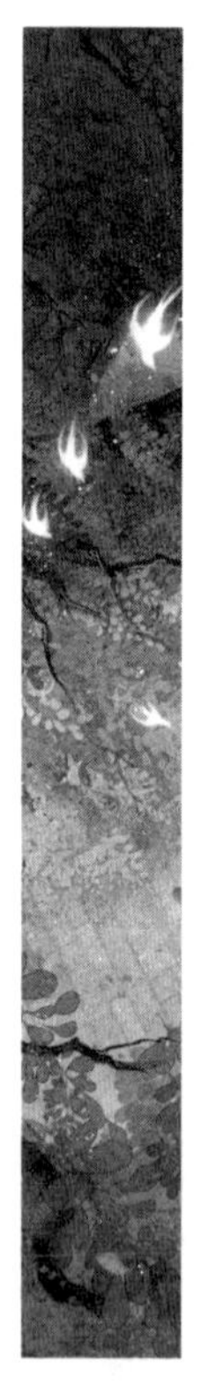

在花枝街里，要数报君知院子里的花树最为繁茂。除了院子当间的那棵紫藤花，北屋窗边上还有两棵高过屋顶的暴马丁香，花穗累累压弯了枝干；影壁墙前后长着大丛的文心兰，有两尺高，叶子舒展得连青砖甬道都被占了小一半儿；檐廊边上，窗户底下，石竹、美人樱、铃兰更是如野草一般四处冒出来，闹哄哄地挤在一起开花。

但最稀罕的是紫藤花架旁边的一棵合欢树。这树生得小巧，也就三米来高，树干有碗口粗细，整棵树的树皮光滑晶莹如同碧玉，叶子也翠绿欲滴，枝叶间却没有一朵花，而是悬挂着几十只拇指大小的蝉。这些蝉长着银色的翅膀，腹部却如冰种翡翠般透明，它们十分安静，不似寻常蝉一般胡乱鸣叫。

每当报君知将院子隐匿起来，便会在拂晓时将满树的银蝉放飞，一般要到长庚星初亮的时候，银蝉才会陆续飞回，一只只排列有序地挂回到树上。

这一天，有只银蝉直到太阳落下、天色完全暗下来的时候，才迟迟归来。院子里的灯柱上都亮起了烛灯，银蝉在金黄色的烛光里轻轻落在紫藤花架下的黄花梨木桌上。

报君知伸手将它拈起，那银蝉震了震翅膀，忽然腹中发出清晰的声音——

是个男人沙哑的自语："咳咳……咳咳，再这样下去，怕是撑不过端午了！"随后是大力的喘息和声嘶力竭的咳嗽，"已经是难以承受的痛苦了……可我……还是愿意保留住这份感受……"那男人持续地发出闷闷的呻吟，然后一阵凌乱的脚步声，接着是什么重物落入水里的声响。

报君知微微皱眉，用手轻轻抚摸了一会儿银蝉，将它放回了合欢树上。那银蝉仿佛十分疲惫，才刚用爪子抓住树枝，便即刻化为一朵绽放的合欢花。

与此同时，在城南一家治疗肾病十分有名的医院里，一个黑壮的年轻男子正满脸愁苦地蹲在透析病房走廊的一角。过了好一会儿，他使劲儿搓搓脸，站起身走回病房。

房间里灯光明亮，一个满头白发的瘦弱妇人躺在临窗的床

上和旁边的病友聊得正高兴，男子默默地走过去坐在椅子上望着她们，老妇人忽然转过头笑着说："米仓，下次做透析的时候，你也给妈弄点红烧排骨吃吧。"米仓愣了一下，随后赶紧点头。

临床大姐叹息道："像我们这种病人吃东西禁忌太多了，这不能吃那不能吃，也就是在做透析的时候能解解馋。唉！喝水还限制，我以前就好喝口茶，现在只能等着每周做透析的时候，沏上一大杯子的浓茶一口气都喝了它。"说完她与米仓的母亲对视着苦笑。

她们得的是尿毒症，米仓的母亲更严重些，双肾都衰竭了，只能靠定期的透析帮助把血液里的毒素洗出去。即便如此，平时饮食也得格外小心，这病房里的一个病友，前几天只因为喝了一罐啤酒就昏迷了。米仓老是随身带着个食物参照表，上面记录了每种食物每100克的成分含量，钾高的、钠高的都不能吃。

母亲跟米仓说想吃红烧排骨，说了很多次了，米仓都没有答应。他跟母亲解释说红烧排骨里钾、钠的含量都太高，母亲每每听了便默不作声地喝米仓熬的菜粥。

母亲不知道自己治病有多么贵，她还以为自己住院前交给米仓的两万块钱绰绰有余，事实上，那两万块钱没多久就用光了。不止如此，老家那有着三间大南房的院子，父亲去世前买给米仓的金脚镯，爷爷传下来的一对绘着蜡梅的掸瓶，米仓也全都卖了。

米仓在医院旁边给人家做装卸工，好说歹说地跟老板提前预支了两个月的工资，可母亲透析三次就用完了。其实母亲前天就到了该做透析的日子，可是怎么去？他的兜里只剩下五十块钱。想着上次借钱时老板嫌弃的表情，他觉得即便自己再放下脸去借，也不会借得回来了。“透析就是个无底洞，还是得赶紧换肾！”米仓想着这次卖房后，发小追过来将一沓钱塞进他手里时说的话。

“明天就透析了吧？”母亲一脸期待地问。

“嗯。”米仓闷声答道。

“难受啊！”母亲嘟囔着便沉沉地睡着了。这几天她总是特别容易累，一天里大半儿时间都在睡觉。

米仓看着母亲发黑的脸庞，浑身针扎般痛楚。他的肾与母亲的身体不匹配，但是，他已经不能确定母亲的身体能不能坚持到有肾源的那一天了。即便等到了肾源，自己又拿什么去交手术的费用呢？还有住院的钱……医院已经下了最后通牒，再不补齐所欠的费用，下个礼拜就让他母亲出院。

他一动不动地坐在床边，望着熟睡中的母亲，觉得窗外无边的黑暗正蔓延进来，慢慢地将母亲的身影包裹住。他心里忽然就有把火烧了起来。

医院的通道里，一个身材矮小、形容猥琐的男人正在向新住进来的患者家属游说自己可以私下找到肾源。米仓突然冲过去将他扯到一边，快速地低声问：“B型血的全肝、双肾、心脏、血、角膜，你要不要？能卖的都卖。”

矮小男人吓了一跳，打量着他迟疑道：“这么多人……都是B型血？”

米仓闷声道：“是一个人的。”

矮个子神情紧张地道：“兄弟，这种货可不能卖，这种智障流浪汉常年风餐露宿不得温饱，身上大多有隐性疾病的，器官质量差，换给病人，会被找麻烦的。再说，把警察招来可不得了，这是大罪，为多少钱，咱也不值当的啊！”

米仓的眼圈发红，低声道：“不是流浪汉，那个人很健康，不会给你找麻烦，”他神情呆滞地张开双臂道，“你看看，是不是很健康？”

矮小男人有些吃惊地后退，米仓一步步上前道：“你看啊，看看啊……”

矮小男人受了惊吓大叫：“你神经病。”突然转身落荒而逃。

米仓呆呆地看着他的背影，过了一会儿才缓缓蹲在地上哭了起来。

米仓正看着眼泪一滴一滴地落在自己破旧的鞋面上，耳边忽然传来几声剧烈的咳嗽声，然后，一只布满青筋的手把一张名片递到他的面前。

米仓抬起头，眼前是一个四十岁左右脸色苍白的瘦削男人，他茫然地接过名片。

男人审视着他，轻声道："按着上面的地址来找我，我可以帮你。"

米仓抹了一把脸上的泪水，怔忪地看着那男人一边咳嗽一边走远了。

名片上的名字叫作郁自诚，是个销售观赏海鱼与生态鱼缸的店主。米仓虽然觉得这事挺蹊跷，但迫于眼前的紧急境况，第二天一大早安排好母亲，他便按着名片上的地址找了过去。

那间店在市中心繁华的商业街尽头，小门小脸十分不起眼，店门口的鱼形招牌上绘着一条颜色鲜艳的蓝魔鬼鱼。米仓站在门口迟疑了好一会儿，终于还是抬脚走了进去。

店里面四面无窗，阴暗得如同地下室，面积大约60平方米，墙边分两层摆着崭新的大型亚克力弯角水族箱，屋子中央被一排排养着五彩斑斓观赏鱼的鱼缸架分隔成几条狭窄的通道。昏暗的蓝光灯下，昨天在医院里看见的男人正独自往鱼缸中撒着饲料，鱼儿们争相抢食，水面上不时溅起水花。

米仓强挤出一点笑容，缓步上前，有些局促地开口："郁老板。"

郁自诚回身看见米仓，眼中露出一点喜悦。他点点头，一边咳嗽着一边走到门口锁上店门，挂上了休息的牌子。

店里还有一间10平方米的里屋，郁自诚打开门示意米仓跟他进去。

不知道为什么，米仓打从一进这家店就感觉浑身不自在。他环视着四周，总觉得有什么地方不妥，可是他说不出来。定了定神，他跟着进了里屋。里面陈设简洁，一张单人床，一组衣柜，一个电脑桌旁放着两把椅子，郁自诚似乎不太舒服，一脸病态地歪靠在床上。

米仓不想耽误时间，他坐在椅子上，直接开始讲述母亲的病情与自己的处境。郁自诚听了一会儿，忽然伸手从床头柜里拿出一个鼓鼓的牛皮纸袋，面无表情道：“这是六万，先去安排你母亲的生活，告诉她，你会有一个月不在她身边。她治疗的后续费用，只要你好好为我办事，无论她还需要多少，我全都给你。”

米仓接过纸袋，迫不及待地打开，里面是捆扎整齐的百元纸币。他的手顿时颤抖起来，一张脸涨得通红，眼泪鼻涕都不受控制地一起流了下来。他身子一滑跪在地上，低头啜泣道：“这真是大恩，郁老板，你就是要我的命我也可以给你。”

“快去快回，”郁自诚不耐烦地摆摆手，忽然忍不住剧烈地咳嗽起来，“我在这里等你。”

米仓傻笑了一下，用袖子擦了擦脸，抓起钱袋快速地冲出门去。

透析室里，米仓的母亲用插着输血管的手捧着一份红烧排骨吃得津津有味，米仓从随身带着的塑料袋里不停地向外掏着各种食物："妈，这是虾饺，这是天福号的肘子，这是白魁老号的烧羊肉……你吃不了就每样都尝几口。"

米仓的母亲笑得眼睛都眯了起来："儿子，到底是你哪个同学这么有出息？你跟着他干什么活儿？做得了吗？"

米仓闷声道："做得了，就是陪着他出个远差，干点体力活儿。我已经雇了个护工伺候您，一个月之后我就回来了，您踏踏实实地养着病等我。"米仓的母亲放下心来，继续笑眯眯地吃着食物。

米仓看着母亲大口大口吃得如孩子般香甜，心里的酸楚劲儿刚过，又忽然忐忑起来。他虽然不聪明，但是也知道，这个世界没有这么便宜的事情。萍水相逢就倾囊相助，这个郁自诚让自己办的事情一定不简单。

当米仓再次回到那间观赏鱼店，已经是下午了，水族店里依旧空无一人。米仓顺着咳嗽声走到最里面，只见郁自诚正望着一个崭新的空鱼缸发呆。

郁自诚听见声响，回身看着米仓，缓缓道："新的水族箱其实是不适合养鱼的，我们用的是人工海水，也就是自己在淡

水中添加比例合适的海盐，但是无论调制的手法有多么精准，谁也无法保证自己做出的就是一缸好水。鱼没有表情，不能发出声音，无法表达心中的喜恶，它们只能绝望地在不适应的水中静静死去。”讲到这里，郁自诚的神情颇为伤感，而米仓听着，神情却十分茫然。

郁自诚使劲儿咳嗽了几声之后，接着说：“所以一般店主们都会在初次试水的时候放入价格便宜或者品相不好的鱼，这就是俗话说的开缸。第一批放入的鱼九死一生，它们必须用自己的生命为客人真正看中的贵重鱼种提前试水，这些鱼被叫作闯缸鱼。”

讲到这里，郁自诚呆板的脸上忽然露出诡异的笑容，他对着米仓欠欠身子道：“我是个居士，不能杀生，怎可看着那么多的闯缸鱼白白牺牲性命。所以我在想，若是能有这么一条特别的鱼，可以与我沟通，在试水的时候告诉我水的质量如何，那该有多么好。”

郁自诚的神情仿佛亢奋了起来，他的脸凑近米仓：“你收了我的钱，答应为我做任何事情对不对？你既然连死都不怕了，受些皮肉之苦想必是不会在乎的。”

小店里忽然间灯影闪烁，米仓看着郁自诚异于常人的浅褐色眼睛，只觉一股寒气自脚底一直升到头顶。他面带恐惧地后退道：“不不，我要走了，我不想给你做什么了。”

当米仓小跑到门口的时候，身后传来郁自诚幽幽的声音：“走也可以，把我给你的钱还给我。”

米仓的脚步戛然而止，他缓缓转回身望着郁自诚，后者得意地笑：“你还不来，对吗？不止如此，你还差着给你妈妈做换肾手术的钱。只要你答应帮我，你所有的问题就都会迎刃而解。不要犹豫了，我们的时间都……”

他话未说完，突然，不知从哪里飞来一只银色小蝉，带着一片荧光冲着郁自诚的脸撞了过去。郁自诚如同被热水泼洒，忍不住发出惊恐的喊声。他大惊失色地用手使劲儿地拍打那只蝉，随着手掌挥出呼呼生风，银蝉不小心被掌风重重击中，摔在鱼缸的玻璃上，发出尖厉的鸣叫，一转身疾速飞开。“嗖”的一声，小小的银色身形如利箭一般竟然穿墙而过……

花枝街老宅子里，报君知正站在合欢树下，突然，一只银蝉自空中跌落在鱼池边。他有些吃惊，走过去将银蝉捡起，只见蝉的腹部裂开，一只翅膀也已折断。报君知将它拿在手里，手中光芒骤起，银蝉腹部的伤痕缓缓复原，折断的翅膀也重新衔接，只留下一个小小的缺口。银蝉挣扎着鼓动翅膀，自它的腹部传出了方才郁自诚与米仓的对话，报君知静静听完，神情凝重了起来。

银蝉报信是报君知这个门派里一种很古老的符术。这些银

蝉已经有数百年的道行，本身灵气充沛，而且每只银蝉都被报君知加持过，世间物根本损毁不了它们，但是这只银蝉竟被打得肚腹破裂，羽翅伤残，可见遇到的并非一般人物。

报君知将虚弱的银蝉放回合欢树，树上的银蝉皆在周围缠绕飞舞，哀哀低鸣，久久不散。

一个小时之后，一身黑衣的报君知出现在郁自诚的水族店门口。他推开门气定神闲地走进去，只见空寂的店里只有一个瘦削的男人在喂鱼。

看见报君知进来，郁自诚微微点头，却并没有过去招呼。

报君知四下环视着，忽然，被什么吸引了。他径直穿过水族箱林立的狭窄通道，来到角落里一个不起眼的大水族箱前面，那里面种植着茂盛的水草，一条手掌大的蓝魔鬼鱼正独自在缸中游曳。

报君知刚一靠近，这条鱼似乎受到了什么惊吓，迅速退到水草之中，将自己的身体隐藏起来。在水草的间隙里一双完全异于同类的鱼眼，不安地来回转动着。

报君知审视片刻，脸上露出淡淡的笑容，转而观看旁边的鱼缸。水草中的鱼似乎松了口气，过了一会儿慢悠悠地游出水草，有些好奇地看着报君知的侧影，谁知此时报君知猛地将头转过来，四目相对的瞬间，蓝魔鬼鱼忽然浑身战栗满眼惊恐……

此时，郁自诚悄无声息地走到报君知的背后，问：“这位先生，你想买什么鱼？”

报君知望着眼前的蓝魔鬼鱼道：“就这一条吧。”

郁自诚挑挑眉毛微笑道：“抱歉，这条鱼是不卖的，因为它是一条闯缸鱼，过一会儿我就要将它连同这个水族箱一起送到客户的家里去了。”

报君知淡淡道：“若我想带走它，你拦得住我吗？”

郁自诚收起笑容，默默审视着报君知，只见他身材颀长，双目炯炯，容颜俊秀无匹，但终究不过是个普通的年轻男人。他放下心来重新微笑道：“那你试试看。”

突然间，报君知抬起头，大团极为纯净柔和的加持光笼罩在他的全身，与此同时强大的气场如同滔天巨浪一般猛地将郁自诚冲翻在地。旁边鱼缸里的蓝魔鬼鱼也受到了气浪的冲击，痛苦地扭动着身子，跃出水面掉在地上。报君知右手虚空一指，一张符图直飞出去，贴在蓝魔鬼鱼身上。那鱼忽然停止跳跃，翻身落在地上，继而便脱离了鱼的形状，随着身体一下下抽搐，不一会儿便一点点变大，显现出人的样子来。

“你是个风水师。”郁自诚见此情景骇然道。

报君知冷冷地看着郁自诚，扬起右手：“让我看看你本来的样子。”

此时，米仓刚好恢复原状，他浑身湿漉漉地突然跳起来拦

在郁自诚身前，冲报君知愤怒地大叫道：“你别碰他。”

报君知有些意外，他低头望着米仓道：“他在你身上施了易形法术，让你变成一条鱼，要拿你去做有悖人世间常理的事情，你知道这对你来说有多么危险吗？”

米仓满脸戒备地倒退着，用自己的身体护住郁自诚冷冷道：“这是我和他之间的事情，是我自愿的，不要你多管闲事，”他激动地叫道，“你敢碰他，我就和你拼命。”

报君知气极反笑：“要和我拼命？”他站定，朝米仓招了招手，“那你赶紧的。”

米仓咬牙正待上前，郁自诚一把将他拉住，低声道：“不要，他是为你好。”

报君知收起笑容对郁自诚道：“我管的事从来有头有尾，今天你是自己收尾还是我来收？”

郁自诚神色阴晴不定，似乎在权衡一件两难之事，忽然间面露狠色，一道墨蓝色的胶状绳索自他怀中弹出，向着报君知缠绕过去。那绳索的一端带着盏蓝幽幽的小灯，充满了海水的腥气，转瞬间将报君知紧紧捆绑住，而那小灯就悬在报君知的脸旁忽明忽暗。

报君知望着那小灯面露惊异：“拟饵索！”忽然又轻笑道，“那你的家，离这里还真够远的！”

郁自诚见捆住了对方，松了口气低声道：“抱歉，我不会伤害……”

他话未说完，只见报君知将身体微微一抖，捆绑在他身上的绳索寸寸断裂，落在他脚边化为一摊海水。与此同时，郁自诚如同受了重创般后退几步，神情痛苦地跌倒在地上。

“吃饭的家伙都没了，你还执拗吗？”报君知斜睨着地上的郁自诚道。

报君知正待再出手，米仓见情势危急，此时也顾不得什么，他看见旁边的鱼缸木架上有把戳冰用的钢锥，飞快地一把抓起，用锥尖顶在自己的胸前，急得声音都在颤抖：“求求你，别动他，这是我和他之间的交易，一切都是我自愿做的。如果你抓了他，我们之间的交易就作废了，那我妈的医药费就没人出了。我没钱给她做透析，她就熬不到找着合适肾源的那天。我妈太可怜了，她要是死了，我也不想活了。”

郁自诚在地上重重地喘息着，挣扎道：“我从未做过伤害别人的事情，以后也不会做。我保证，这件事结束之后，我就会离开这里。”

“为什么非要留下？”报君知冷言。

“为了……”郁自诚垂下头，“一个女人。”

三人在安静幽暗的鱼店里对峙着，过了一会儿，报君知转而望着米仓道：“好自为之吧。”转身走了出去。

望着报君知的身影消失在门口，米仓虚脱了一般倒在地

上，郁自诚连忙跑去拿了件浴袍披在他的身上。

米仓身体微微战栗地看着他：“刚才，那个风水师说要看看你本来的样子，你本来是什么样子？”

郁自诚低着头，神情颇为纠结，又忍不住大声地咳嗽起来。

米仓忽然若有所悟地道：“你骗我，要是单为试水，在你店里试就可以了，何必那么麻烦地把我放到顾客家一个月？你把我变作闯缸鱼并不是像你所说的那么简单，”他似乎完全忽略了眼前这些奇异事情带给他的恐惧，“你到底要我帮你做什么？”

两人沉默了良久，米仓带着极为厌恶的神情问：“你到底是什么东西？”

“一条鱼。”郁自诚忽然轻声回答，声音虽轻却很清晰。

“一条鱼？”米仓愣怔地机械式重复着。

郁自诚将米仓扶起来，神情坦然地说道：“你救了我，就是我的朋友，我不会向朋友隐瞒。我爱上了一个女人，那女人也爱我，所以我易形来到这里。在你们的世界里，我从来没有伤害过任何人，没有做过一件坏事，我只是想陪着我的女人一直到老到死，然后再回到我的世界中去。”

米仓不解地看着他：“那你让我做闯缸鱼到底是为了什么？”

“我来自一个没有污染的地方，而你们的世界里充斥着各种有害的气息，我的身体无法适应，”郁自诚苦笑着指着自己的颈部，“你的眼睛现在已经可以看到一些常人看不到的东西了，你看见了什么？黑气是吗？”

米仓顺着郁自诚的手指看去，果然看见一团黑气缠绕在他的颈部。郁自诚黯然道：“你们人类身上的暖生气可以保护你们不受伤害，所以暖生气越足的人身体越强壮。而我生活在深海，那里不需要暖生气，你们的世界中这些有害的气息让我的呼吸系统受到了很严重的伤害，一天中大半的时间我都呼吸困难。”

“你想让我去做什么？”米仓的声音缓和了一些。

郁自诚道：“我会教你一些吐纳之术，让你作为闯缸鱼随着水族箱进入购买者的家里。每个人在呼吸的时候都会释放出一点暖生气，你去收集它们，一个月之后我假称试水成功，再将你带回店里，由你将暖生气吐给我。这样周而复始，我就可以继续在这里活下去。”

米仓恍然大悟。他点点头，脸上戒备的神情消除了些，忽然间又想起些什么，他问道：“那些购买了水族箱的人会受害吗？少了暖生气他们会不会生病？”

“绝对不会，我不会做害人的事情，”郁自诚斩钉截铁道，“我让你吸取的只是他们呼出体外的飘荡在房间中的气，

如同排出体外的废气一样。那些暖生气离开人体不久之后本就会消散，绝对不会对他们的身体产生任何的影响。”

米仓此时似乎完全放下心来，痛快道：“既然如此，你干脆吸我的暖生气好了，何必这么费事。”

郁自诚笑笑：“没有办法，就像你母亲的肾源一样，我也要找到适合自己的气泽才行，否则于事无补。一会儿我要将你送去的这户人家的男主人就是我好不容易找到的人。”

米仓在那个晚上和郁自诚达成了共识，郁自诚详细地将吐纳之法教授给米仓，第二天一早重新化为蓝魔鬼鱼的米仓便随同鱼缸被送到了一户姓鲁的人家。

一转眼，米仓来到这户人家已经过了二十九天，再过一天，郁自诚就会将他从这里接回鱼店。这些日子他按着郁自诚所教的方法，已经将每日弥漫在屋子里的暖生气一点点吸到腹部。那些热烘烘的气在他的腹部渐渐凝结成了透明的弹球大小的球，他经常会在夜半无人的时候将那珠子吐出来看着玩儿。

这户人家住着一对夫妇和一个六岁的小男孩，孩子名叫鲁鲁，因为身体不好，所以并未上学，由母亲亲自在家照看。

鲁鲁喜欢米仓，每天的大半时间里都把脸贴在鱼缸的玻璃上同米仓喋喋不休地说话。

鲁鲁圆胖的脸贴在鱼缸上的时候，米仓从水族箱里看，孩子的鼻子就挤成了可笑的猪鼻子。鲁鲁忽闪着亮晶晶的大眼睛望着米仓笑，每每此时，米仓的心就觉得很温暖。自从母亲生病，米仓无论到哪里借钱看见的都是带着厌恶的脸，只有这个孩子对他笑得如此真诚。鲁鲁的笑容甚至让米仓暂时忘记了自己艰难而可怜的人生。

他忍不住游过去将身子贴在孩子脸前面的玻璃上，鲁鲁有些惊讶地闪开，然后马上又开心地笑了起来。他在水族箱前兴奋地转圈，但是很快，剧烈的咳嗽引发的气喘就令他面露痛苦瘫在了地上。

米仓吓了一跳，隔着玻璃费劲儿地向下看着他。鲁鲁的脸涨得通红，使劲儿地大口喘着气，仿佛有什么东西卡在他的喉咙里下不去也上不来。看着他小小的身子渐渐地委顿下去，米仓焦急地用身子一下下撞着鱼缸，直到鲁太太发觉异样从阳台跑过来。米仓看见她手忙脚乱地将儿子抱上沙发，跑出去找到那个小喷雾瓶又跑回来，对着鲁鲁的嘴连续喷着。过了一会儿，鲁鲁那令他力竭的喘息终于平复了下来……一直慌乱游动的米仓也在鱼缸里安静了下来，他沉到缸底的沙粒里悄悄松了口气。

到了晚上，没什么精神的鲁鲁很早就睡了，客厅里剩下他的父母忧心忡忡地相对而坐。

米仓听见鲁先生叹息道：“这个病最可恨的就是除不了根，看来鲁鲁这辈子都得随身带着喷雾。”

鲁太太眼睛发红：“他长大后很多工作都做不了，每次听见他说长大后要做个运动员，我心里就特别难过。”

鲁先生摇摇头：“你还去想这些，他做什么都不重要，问题是，能不能平安到老都还是个未知数。”

米仓听完，难过地倒退着将身子藏在了水草里。他不想听，也不想看这些，可是此时他连塞上耳朵、闭上眼睛都做不到。鲁先生的头顶悬浮着一团暖生气，但是米仓一点儿也不想去吸，那种熟悉的无奈感让他很想大哭一场。

第二天一早，米仓看见恢复如常的鲁鲁将小胖脸贴在鱼缸上，他马上欢快地在水里转了个圈，然后游过去。这次他清晰地看见鲁鲁的喉部也有一团黑色的东西，同郁自诚的差不多，不过很小，颜色也浅得多。

鲁鲁在鱼缸旁边，嘀嘀咕咕地和米仓说着告别的话，神情很忧伤，小胖手放在鱼缸上轻轻地一下一下抚摸着。

米仓知道，离郁自诚来接他还剩下不到一个小时的时间了。他心里闪出个念头，这念头一生出来，就不可抑制般猛烈撞击着米仓的心。

这种强烈的感觉令米仓迅速下了决心，他趁着鲁鲁不注意的时候，突然间跃出水面。鲁鲁吓了一跳，望着跃出来的米仓张大了嘴，米仓不失时机地将腹中的暖生珠吐向了他——那颗晶亮如水滴般的珠子刚好飘到鲁鲁的嘴里消失不见。

鲁鲁吓了一跳，顿时被米仓的举动逗得哈哈大笑。他兴奋地使劲儿绕着鱼缸跑，嘴里叫着："妈妈，小鱼刚才跳水了，妈妈快来看啊。它一跳那么高，还在空中转了好几个圈圈。"

鲁太太听见喊叫声，吓得大惊失色，慌忙从卧室跑出来一把将鲁鲁抓住，急道："儿子，你不能跑，你一跑就会发病的。"鲁鲁甩开母亲的手继续兴奋地围着鱼缸跑，鲁太太惊慌失措地一路追赶……

追着追着，鲁太太突然站住了。她惊讶地看着奔跑中的儿子，呼吸有力，面色红润，不喘不咳。

而此时，米仓也清楚地看见鲁鲁颈部的黑气已经消失了。他开心地追逐着鲁鲁的身影在鱼缸中游动着，他觉得自己长久没有这么开心过了！

很快，郁自诚如约而至。一个月不见，米仓发现郁自诚已经憔悴消瘦得几乎脱相。郁自诚一边咳喘着一边将米仓小心地装在随身带的迷你水族箱里，接着就匆忙地告辞了。

郁自诚回到水族店，迫不及待地将米仓恢复成人形，向他讨要暖生珠。米仓有些抱歉地向郁自诚诉说了自己将暖生珠送给鲁鲁的经过，并反复强调这颗珠子对那孩子的重要性。

郁自诚听完，后退一步，忽然间面如死灰。

米仓面露抱歉，快速地说：“让你受苦了，你再找一家人，我马上再帮你去收集暖生气。”

郁自诚愣怔了好一会儿，忽然面露惨笑：“这就是命吧！”他重重地叹息着，“忘了告诉你，我没有时间了，我的身体能撑到你回来，已经很不容易。”

小店里的灯又开始闪烁，郁自诚的身体轮廓忽然开始模糊，他手臂上的皮肉裂开，赫然生出一排褐色的细密鱼鳍。他费力地喘息着摔倒，下半身变成了腹面灰白色、背部深褐色的巨大鱼尾。他的头和全身皮肤都生出许多皮质的突起，两个巨大的背鳍缓缓从他皮肤中耸立出来，那些鳞片缓缓向上蔓延。郁自诚痛苦地在地上挣扎道：“米仓……如果有个女人来找我……告诉她……我离开了……你把我烧了……一定不要让她看见我的尸体……她会害怕……”

米仓完全被这突如其来的变故吓呆了。他又惊又怕地跪在地上，自责与恐惧一起挤压着他，他控制不住地大声叫道：“郁自诚你别变了，天啊！我要怎么做，怎么做才能帮你？”

小店里一片混乱，所有水族箱里的鱼都开始不安地躁动。突然，一个声音斥道：“向来就是这些情种爱惹麻烦，早知今日何必当初。”

米仓与郁自诚同时抬头，只见店里不知何时多了一个人，正是那天出现的年轻风水师。

报君知抱着手站在两人面前，望着地上半人半鱼的郁自诚，一脸嫌弃。

鳞片已经蔓延到了郁自诚的胸部，他的脸因为窒息而变得狰狞，喉部发出“咔咔”的声音，头部开始变形，嘴里獠牙显现。

报君知轻叹一声，上前俯下身将手挡在郁自诚的鳞片之上，蔓延着的鳞片刚一碰到报君知的手指立即停止，并迅速逆向褪去。随着鳞片的褪去，郁自诚的身体又恢复了人的样子，双臂的鱼鳍缩回肉中消失不见。

报君知仔细查看着郁自诚颈部的黑气，右手忽然扬起轻轻搅动，他身上明亮的加持光立刻有一大团被缠绕在手指上。他将缠绕着的加持光放在郁自诚的头顶，轻轻一拍，那些光瞬间散开，在郁自诚的身体四周形成一个完整的光圈。

郁自诚闷哼一声，喉间的黑气顷刻间消散无踪。他睁开眼睛，有些诧异地抚摸着自己的颈部，只觉浑身说不出的舒服畅快。原本随时出现的窒息感没有了，他使劲儿吸了几口空气，毫无阻隔，他脸上顿时露出惊喜的神情。

米仓被这突然的转变弄得不知所措，愣愣地望着那俊美的男人转身向门口走去。

报君知走到门口，回身望着郁自诚冷冷道：“我只帮你这一次，接下来的几十年你与普通人无异。你的爱人去世之后，

你马上回到你应该去的地方，如果再在人世间流连，就会再次现出原形，你知道那样的后果。”

郁自诚抚着自己的脖子，激动得浑身战栗。他半跪在地上，不住声地道谢。

不久之后，有个容颜清秀的女人来到店里。郁自诚兴高采烈地简单收拾了行李与女人离开了，在离开之前他将水族店和足够米仓母亲治病的钱都交给了米仓。

米仓知道郁自诚已经用不到这些东西，所以并未推却。他向医院补交了全部费用，而两个月之后他的母亲得到合适的肾源，顺利做了手术，并度过了排异期。

米仓将水族店的里屋扩大，与母亲一起住在了店里。他非常喜爱这间小店，每天除了照顾母亲之外就是在店里打点，事事亲力亲为，没有一点懈怠。

一天，米仓正在给新鱼缸试水，忽然一对夫妇拉着个小男孩走进店来。

小男孩径直走到米仓的面前，用略带委屈的声音说：“叔叔，我们家的鱼缸是在你这里买的，你能把原来缸里的那条蓝魔鬼鱼卖给我吗？”

米仓一低头，看见了鲁鲁那张胖嘟嘟的小脸，他皱着眉很苦恼地说：“没有一条蓝魔鬼鱼能像它一样，都不像它那样会……”

“我知道，”米仓一时间百感交集，他蹲下身来，对着孩子眨眨眼睛道，“不像它那样会原地转圈，会静静地听你说话，还会突然间跃出水面……”

钉子户

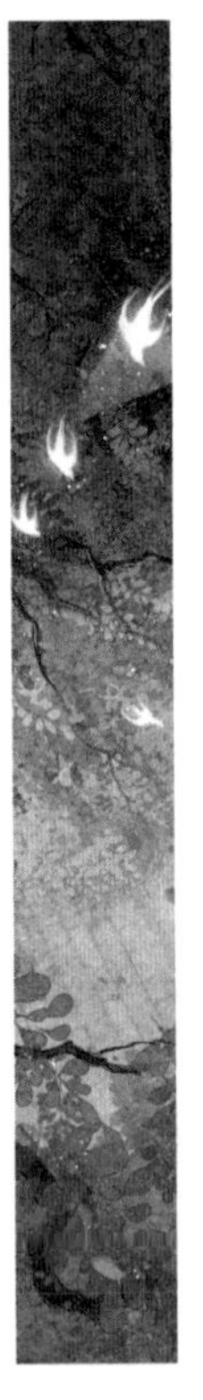

城西的市区有一片老式平房，住着大约百来户人家，是西城有名的城中村。

一年前一个房地产公司看中这块地皮想将其改建成高级住宅楼，随后开始将平房中的住户迁出。此地的房屋大多年久失修，兼之地势低洼，一到雨季路面一片狼藉，所以听到要拆迁，居民们大都行动积极，短短一个月就迁走了一大半。开发商中一位姓苗的经理一见进展顺利，大胆地在承包合同中将工期提前了。谁知两个月之后，拆到最后，剩下一对三十岁左右的夫妇死活不肯搬走。拆迁办公室的人轮流去谈条件，均无果。

眼看工期越来越紧，拖 天就是几万元的损失，苗经理心急如焚，亲自带人上门协商，许诺若是能在三天之内搬离，给他们的拆迁款将上涨30%。这对夫妇不善言辞，但是极为固执，说来说去，就是不搬。

苗经理激怒之下，使出损招，将水、电、燃气一并切断，以此逼迫他们搬出。谁知断水断电之后，这对夫妇依然安之若素。他们每天清晨用自行车载着几个大塑料桶去相邻的小区接水用，晚上点蜡烛照明，又买了一些炭，用炭炉做饭。

苗经理气急败坏，又令人开来两辆挖土机，整日整夜地在那钉子户门前不停地铲土，刨土扬尘并发出巨大的噪声……谁知两台挖土机挖了一晚，第二天男主人便买回一堆隔音板，将房子严严实实地围了一圈。

半年下来，拆迁办所有人都疲惫不堪，无计可施。苗经理计算着每日损失的钱，心疼得长吁短叹，每每提起这个钉子户就恨得咬牙切齿。

一天他偶然和一个朋友说起此事，朋友听完笑道："这点小事就把你难住了？我给你推荐一个人。你去找他，必定能达成所愿。"

苗经理一听，放下酒杯惊喜地问道："什么人？"

朋友得意道："此人叫归春和，原本是个颇有名气的风水师，是堪舆街紫微堂里大名鼎鼎的五师父的高徒。盛传他是个最爱财的人，为了重酬不知道做过多少见不得光的事情。你只

要许下重金，什么他都肯干。

“不过他现在摊上点麻烦事儿，据说是因为前阵子干了点不着四六的事，犯了他师门的忌讳，让紫微堂给轰出来了。五师父的意思是不让他再混这行了，他虚应下之后，因着不会别的活计，就偷着在郊区租了个小农院，还是靠给人驱驱小精怪、改改运势混日子，但跟相熟的人露的口风是还想做点大买卖。”

苗经理初听了也是半信半疑，有一搭无一搭地和那位朋友聊了聊便罢了，并不真想使什么神憎鬼厌的手段。但是没过几天，几个拆迁人员捺不住性子又到那个钉子户家去逼迁，结果言语不和，双方推搡起来，钉子户的女主人被扭伤了胳膊。男主人见状大怒，拿着铁锹将一众拆迁人员一路拍了出来，拍得那几个去逼迁的大小伙子个个头上脸上都挂了彩。

当初苗经理为图安全省事，拆迁办里拉拢的人手都是自己老家的远近亲戚，里里外外都沾亲带故。当时苗经理正在郊区联系挖土方的车，没在跟前儿。拆迁办里群情激奋，打了那几个，等于是打了屋里这一帮人，当下整个拆迁办的人都抄着家伙倾巢出动，将那钉子户夫妇好一顿暴打，将他们家里的家具用品打砸了个干净。结果钉子户夫妇报了警，又去医院诊断出轻伤，拆迁办所有涉事人员均被拘禁，几个主犯被定了个暴力连带。

这一下苗经理老家的门几乎被一众亲戚踏破了。苗经理的老父老母整天淹没在亲友的责问里，惶恐不可终日，最后苗经理无奈地给了每家相应的赔偿，此事才算告一段落。

这事之后，钉子户更加无所顾忌地住了回去，依旧是铁齿钢牙不搬家。这边有张良计，那边有过墙梯，你来我往，把苗经理恨得心里好像要滴出血来。

有天晚上，苗经理喝酒喝大了，又将那位朋友约了出来。这次他咬牙切齿地说要将那钉子户置于死地，那位朋友听了苗经理的叙述，当下拍着胸脯保证帮忙。

几日之后，那位朋友带着苗经理找到了栖身于远郊一所农家院的归春和。

见面后，苗经理将事情的来龙去脉说了个清楚，自己的意图也半遮半掩地提了一嘴。

归春和坐在他对面大剌剌地伸了个懒腰，道："不瞒您说，前阵子，我在我们这行里刚吃了个大亏，让人把我练了多年的天眼通给破了。如今，我只想凑点钱离开此地，另立门户。你这件事情，我可以做，但是，酬金的数目必须让我满意。"

"您只要能让这钉子户离开，而且不会给我惹上麻烦，那么，这楼盖好之后，我马上赠送一套100平方米南北通透朝阳的房子给您。赠房合同在这里，签字生效。"苗经理将合同放在

桌子上，抬眼看着归春和，“大师，这可是二环里。”

归春和望着合同面露喜色，仔细查看之后，他不再耽搁，当即跟随苗经理回到工地查看现场。

苗经理的办公室位于工地旁边一栋三层小楼中，有一扇窗户可以清楚地看见工地的全貌。

两人站在窗前向下看去，只见整个工地都被隔离网围挡起来，里面原来的房屋都已经被拆毁，而在这片废墟的中央赫然伫立着一间完整的小屋。远远看去，有一男一女正在门口生炉子做饭，两口子边干活边聊天，神态亲密。

苗经理指着那小屋恨恨地说：“这就是那家钉子户。”

归春和点点头，拿起望远镜又仔细地看起来，大约一刻钟之后，他露出笑容道：“今晚夜半，趁他们睡熟的时候，我将这房子稍做改造，让此房的阳位克阳位，阴位克阴位，犯暗煞凶方的禁忌，变成标准凶宅一间。从此，不但容易惹火患而且居住在这屋中的人最易引鬼上身。”

“光这一个怕不保险吧，我这里工期紧张，不如你多出些招数，速战速决。”苗经理深吸了口烟，低声道。

归春和肯定地说：“不必。这暗煞凶方极凶险，我师父教我的时候，只是为了教授我辨认与破除之法，若是人为做出此阵，在我们这行是犯大忌的。要不是看在这个房屋合同的面子上，我也不会出这么恶毒的招数。五日之后，他们如果还是不搬，您也不用再求他们了，到那时这两个人大约命不久矣了。”归春和轻笑道，“因为今晚之后他们那里门户大开毫无防范，附近若有游魂野鬼，住在屋中的人必受其害……”

“附近？这里可是闹市，人来人往阳气旺盛，游魂野鬼到这里来干什么？”苗经理质疑道。

“这个，不劳您费心。以我之所学，招引个把魂魄又有何难啊？”归春和微笑道，“离这里三公里远，有条高速公路，这公路之上的鬼魂皆是突然枉死，怨气深重，兼之死相凄惨……嘿嘿，”他轻笑，“用来干这个最适合不过了。”

苗经理听完眉头舒展，连连点头。

当天夜里，苗经理陪归春和悄悄来到钉子户的房前，看着他将几样东西在屋子的四角又烧又埋……折腾了半个小时之后，苗经理已经开始有些不耐烦，却忽然听见一声闷响。他吃惊地看去，只见屋子的四角渐渐升腾起灰蒙蒙的烟雾，几分钟后烟雾完全散开，弥漫在整栋房子的周围。

随后归春和快步走回到苗经理身边，喜道：“大功告成，现在可以去招引魂魄了。”

两人匆忙离开，开车来到公路边上，归春和从怀中取出一盏小油灯，蹲在路边点燃。那灯不知是用什么做的燃料，初点燃时略带甜蜜腻香，如同在加热搅浑了香料的油，紧接着那味道就变得有些呛鼻辣眼。苗经理强忍着不适，在旁默默看归春

和摆弄，大约半个小时之后，只见归春和突然直起身子，将灯高高举起，开始移动脚步。

“成了吗？”苗经理有些紧张地问。

“成了。”归春和手握小灯缓缓前行。

“我什么也没有看见啊。”苗经理更加紧张地四处张望着小声说。

“让你看见那还了得？毕竟是煞人之物，常人看见会冲撞元神的。”归春和低声道，“快上车将魂魄牵引到那钉子户家门口去。”说罢他的手轻轻松开握着的油灯，那油灯却并不坠落，而是稳稳地悬在空中，把苗经理看得瞠目结舌。

两人上车，启动车子绝尘而去，一盏小灯在车后飘摇晃动，紧紧跟随……

几天之后，正坐在“旧日时光”院中的伞椅下晒太阳的报君知突然神情一变，只觉心中如同晕车般一阵腻烦。他放下杯子，闭上眼睛，再睁开时，他望着城市的西北方向皱紧了眉头。报君知对于一些巫术恶阵有种超常的敏感，他的感知反应便是这种强烈的腻烦。

他低头在自己的咖啡里倒了点牛奶，轻轻搅动着。杯中的漩涡消失后，奶与咖啡分离，奶液在咖啡表面凝结出一盏招魂灯的形状。

他抬头招手，一个圆脸侍应赶忙小跑着来到他的身边。他低声对侍应吩咐了几句，侍应神情肃然地点点头，转身脚步匆匆地奔出院子。

大约过了半个小时，侍应赶了回来，径直来到报君知的桌边，将手里的一张字条递了过去。

两个小时后，报君知出现在苗经理的工地旁边。他站在围墙外，只觉腻烦感越加严重，心知自己找对了地方。

工地围墙边上有两个扦裤边改衣服的小缝纫摊子，一胖一瘦两个女裁缝因为没有生意正翘着二郎腿边嗑瓜子边聊天。

微胖的女裁缝撇着嘴道："要说那个钉子户最近是太倒霉了，我可是数着的，这五天都着了七场火了。你是知道的，我家后窗户正临街，每次救火车来，我都听得真真儿的。最近这次，我正好没睡着，就出来看看热闹，你猜怎么着？正看见往出救人，那男的被消防员拉出来的时候，手和后背都烧伤了，女的被抬出来的时候都不省人事了，多吓人啊你说说！"

清瘦女人表情神秘地低声说："我听说那女的昏迷进医院可不是因为着火，是给吓得。"

见微胖女人面露惊讶，她环顾了一下四周，又低声说："我听收废品的老何说的，那钉子户的房子里不干净，一直闹鬼。有天晚上老何亲眼看见那夫妻俩穿着内衣跑出门来，在大街上又叫又跳，女的哭得上气不接下气的。老何上去问，是那

男的亲口说的，每天晚上家里都有东西闹腾，也不知道招惹的是什么，一闹腾就是一整夜。现在这两口子都改白天睡觉了，到了晚上家里备好了家伙事儿，把那门窗都钉死了，然后抱在一起守夜……真是可怜啊。”

报君知远远地看着那一片废墟中的小屋，听着两个女人的议论，过了一会儿不动声色地转身离开。

深夜，工地里一片漆黑，从拉网围栏的破洞往里看，可以看见一点昏暗的光芒。光芒是从那处孤零零的小平房里发出的。

屋里，一对男女坐在床边，男人紧紧搂着满脸惊恐的妻子，警惕地看着紧闭的大门。

不一会儿，一阵急促的敲门声响起，男人与女人同时惊跳起来。女人因为极其恐惧而发出低低的抽泣声，男人还算镇定，手里握着一把铁锹站在门后大声地呵斥咒骂着，不时用铁锹使劲儿地敲着门板。

过了一会儿，敲门声骤然停止，两人刚松一口气，整个房子四面八方却同时响起了有节奏的敲击声。那声音越来越大，还夹带着强烈的震动，然后一簇火苗突然自房子的一角蹿出，在屋中蔓延开来。这火和普通的火不同，外沿是纯绿色，中心一点鲜红，颜色艳丽诡异无比。

男人和女人连忙抓起衣服床单拍打着火苗，但是火苗并不因拍打而熄灭，而是四下散落变成无数束火花，在屋中快速蔓延，瞬间又以不可思议的状态联合成一个整体，爆燃而起，房子一瞬间被整个裹在这颜色诡异的火中。男人和女人从未见过如此可怕的情景，一时间愣怔地站着不知所措，女人忍不住发出接连不断的尖叫。

但即便是这样大的动静，因为这栋房子位于被圈起的工地中心，四面空旷，根本无人理会。女人和男人在慌乱中想起打电话报警，但是刚摸到手机，手机便如同被一只看不见的手抓起，从空中被重重摔下，顿时四分五裂。男人在火焰中将妻子拥入怀中，夫妻俩一脸绝望，相拥着泪如雨下。

恰在此时，窗外传来一个年轻男人的高喝，屋中地板上突然出现一个清晰的红色八卦图案，原本汹汹的火势陡然减弱，那些火焰渐渐萎缩成无数小小的火苗，转眼间消失在屋中各个角落。屋中陈设一切如常，所有东西都没有被焚烧过的痕迹，红色八卦图在火焰熄灭后也一起消失不见……

这一起一落都在瞬间，夫妻二人似乎已经完全被吓得呆住了，没有任何反应。过了一会儿，他们听见窗外传来一道清朗的男声。

惊魂未定的夫妻二人如同惊醒一般，一起挤在窗口，小心地向窗外望去。

借着月光他们看见窗前站着两个身影：一个是年轻英俊、

目光炯炯的男子，另一个只是模糊不清的影子。

只听那年轻男人声音威严地说道：“住在这间屋子里的人，不是你的肇事者。如今有人利用你的怨念作恶，我看在你只是受人愚弄，这次就放过你，从此不可以再流连尘世，搅扰他人。去你该去的地方吧。”那影子连连躬身点头，随后消失无踪。

那男子随后转身望向窗棂，温言道：“我叫报君知，是堪舆街中的风水师。两位若是心神安定些了，可否出来讲几句话？”

夫妻俩听见窗外男子报出名号，又见他年轻俊秀、面目和善，刚才又出手相救，知道他没有恶意，听见有话要说，连忙打开房门，夫妻两人一起过来不住声地道谢。

女人望着报君知怯怯地问道：“请问，那东西还会回来吗？我们已经被它折腾了好几天了。”

报君知淡淡道：“不必害怕，不会再回来了。”他细细环顾了一下房子四周，神情一窒，顿了顿道，“稍等，还有件事没有办。”

他右手一挥，手中已经捏起一张符图，口中低声道：“巫邪伎俩魂梦惊，宝犀天禄护德行，辟恶真言扬声起，灵符一道眼清明。”

那符图突然燃起，只听“噗”的一声，屋子四周的灰雾顿时散去。

夫妻俩见状，目瞪口呆。两人都是老实人，又不善言辞，此时只会不住声地道谢。

报君知转身要走，又似乎想到了什么，停住脚步环顾房子四周，轻声问道："这屋子年久失修，已经成了危房，搬迁也是好事啊。如今大家都搬走了，你们何必还要守在这里？"

女人听见这话愣了一下，然后面露凄楚，缓缓蹲下身轻声抽泣起来。

男人看着哭泣的女人，叹了口气道："三年前，我们五岁的独子在门口玩耍时突然失踪，我们急得几乎发疯，双双辞了工作，四处寻找。这三年来，我们几乎什么方法都用了，但孩子还是一点音信都没有。为了找孩子，家里的存款花光了，但凡值点钱的东西也都卖了，亲友那里能借的都借了，如今我们再没有任何的办法了。最后的希望就是，我儿子丢的时候，能很清楚地说出这里的地址，如果他安然无恙，等他大一点，也许会自己找回来……"

"你说，我们怎么能离开？如果我们搬走了，这里就会盖上新楼房，孩子若真的找回来，而这里已经没有了他的家，他那么小，难保不会认为自己记错了地方……"男人此时已经泪流满面，"我不能让这种事情发生。我们做父母的就算再没有本事，至少要守住一个家，等他。"

报君知看着眼前这对伤心欲绝的父母，神情凝重。过了一会儿，他轻声对男人说道：“把你儿子的名字与生辰八字写给我。”

男人见报君知刚才一出手就解了自己的危困，觉得他很有些本事，心中对这个面目英俊、双目炯炯的年轻人有种特殊的信任，当下便掏出一张纸将儿子的姓名与生辰八字写好，又找出一张儿子的近照一同递给他。

报君知将这些东西小心收好，说道：“这么多天你们受的惊吓烦扰，多少也和我有点关系。我会为你们做件事情，当作补偿。”说完他点点头转身离开了。

夫妻俩看着报君知的背影，擦了擦眼泪，面面相觑。

暗煞凶方阵布好之后，归春和每天按时来到苗经理的办公室，站在那扇落地窗的前面，用望远镜查看钉子户的动静。

这天，是他下阵的第六天，进门时他有些按捺不住的得意，眉飞色舞地对苗经理说：“今天，你那枚眼中钉就要拔出来了。”

苗经理大喜，两人一人一个望远镜，凑在窗前向那钉子户看去。

孤零零的小屋门口，夫妻二人正神情自若地把被子拿出来晾晒。苗经理一看，面露不悦地说：“大师，人家这不是还稳稳当当地晒被子呢吗？”

归春和有些惊讶，喃喃自语道：“不可能啊，没有躲过去的道理啊。”

他将望远镜放下，匆匆掏出罗盘在屋子里测着，突然间他惊跳起来，大叫一声将罗盘甩在地上。他战栗着摊开手，只见一双手又红又肿，掌心还起了几个水泡，如同被火烧过一样。

归春和举着双手皱紧了眉头高声道：“不好了，不好了，他们找了帮手，有人从中作梗，破除了我布下的暗煞凶方阵，凶煞移位，那里现在是座吉屋。”

他慌乱地来回踱步，嘴里念叨着：“破得这么利落，谁能把这冷门的术法举手就破除了？”

“什么？”苗经理听完又气又急，“破了？怎么破的？那凶煞移到哪里去了？你赶紧给他们招回去啊。”

归春和此时似是突然想起了什么，脸上阴晴不定地说：“主顾一场，我就实话告诉你吧，正是挪移到你这里来了。现在你这里五鬼之火正旺，你或请高人，或好自为之吧。我还有事，先告辞了。”说完十分慌张地转身要走。

“我的好大师啊！”苗经理闻言大惊，上去一把将归春和抱住，“这节骨眼儿上，我去哪里请什么高人？您就是高人了，这时候，您哪能走？花多少钱都没关系，您再替我想想办法吧！”

归春和着急离开，高声道：“你拉着我做什么，事已至此，给多少钱我也无能为力。别说管你了，恐怕这时候我也已惹火烧身了。”

两人正撕扯中，归春和突然猛地停住，面带惊恐地后退两步，眼睛看着苗经理的身后，脸上的神情如见鬼魅。

报君知背着手站在门口，脸上带着一丝冷笑。

苗经理顺着归春和惊恐的目光回头看去，见门口站着个陌生的年轻人。他正在气急败坏中，不禁怒道：“你是哪里来的？干什么……”

话还没说完，报君知便从他身边走过，轻轻拍怕他的肩道：“不要说话。”那苗经理的嘴顷刻间肿胀起来，眼看着双唇之间的缝隙越来越小，直至完全贴合上，再也张不开。他又惊又急，双手拼命比画着，口中嘟嘟囔囔却说不出话来。

归春和看着报君知走过来，连连后退，身子一个不稳跌坐在地上。

报君知低头看着他，神情冷峻：“你现下这样子，倒像是知道怕了。”

归春和抬头看去，只觉报君知双目如电，站在那里不怒自威。他干咽着口水，微微战栗道：“我……”

“暗煞凶方，别说是普通人，就算是资历浅点的风水师也不一定能逃得出来，你这回真正是图财害命吧？”报君知挑着眉毛问道，“之前那件事，五岳七星堂的五位掌家人，念在你初犯行规，又因拦阻及时没有真正造成恶果，所以只是小惩大诫，将你逐出堪舆街了事。可现在看来，你并没有一丝悔改之意。”

归春和心知这次摊的事大了，把柄又被抓住，抵赖也是无用，只好脸色惨白高声叫道：“是是，这次我真的知道错了，请看在我师父的面子上……”

报君知身后跟着一个人，此时也走了进来，正是堪舆街上紫微堂里的掌家人五师父。

五师父脸色铁青地看着跌坐在地上的归春和。

“师父，”归春和抬头看见，如见救星一般，快速地从报君知身边爬过去，抱住五师父的腿，涕泪交加地哀求道，“您给我求求情吧，师父，弟子知道错了。”

报君知并不阻拦，连身子也不回，只是淡淡地道：“跟你师父说说，你是怎么学以致用的。”

五师父闪身躲开归春和的搂抱，面沉似水地喝道：“你自己说！”

归春和自知今日是躲不过了，只得将自己之前所为一一道来。五师父没听之前已经知道不好，却没料到竟是如此出格，待听到归春和给人下了暗煞凶方，脸上已经渗出汗来。

五师父入行四十余年，知道犯了行规大忌的风水师将面临

怎样的惩罚，而自己的身份此时更显得尴尬。那五岳七星堂，其中的五岳分别是南岳衡山正宁派、北岳恒山灵宝派、中岳嵩山同真派、东岳泰山宗静派和西岳华山虚明派。五派传承至今，如今灵宝派的掌家人正是紫微堂的五师父。数月前轻罚归春和，大家多少看着些五师父的面子，当日手下留情，也是盼着他能小惩大诫，谁知归春和竟愈加过分，落到如今直接用恶术伤人害命。

这边归春和还心存侥幸，跪在地上苦苦哀求："师父，我下次不敢了，我下次真的不敢了。"

报君知低声道："国有国法，家有家规。风水师自古以来最讲究就是一个'正'字，我们天生怀有异样禀赋，本就应当护佑世人，像你这样为了一己私利用恶术害人，与邪魔恶怪何异？所以……"他注视着归春和，"你的品性根本不配拥有那些天赋。"

五师父抬头看了报君知一眼，心中凛然，叹了口气，狠心甩开徒弟的手臂道："没下次了。"

他转而对着报君知低声道："小五教导无方，此次不必带回堪舆街劳动别人了。"说完将还在抓弄自己嘴唇的苗经理一把推到门外，将门猛地关上。

那苗经理一踉跄摔出门口，惊魂未定地转回身，只听报君知清朗的声音在门里响起："你出师以来，做过多少亏心事，出过多少害人谋？今天就用你的天赋给还了吧。”

门缝中陡然闪出耀眼的蓝光，归春和那令人毛骨悚然的惨叫，一声高过一声地从门内传来……

许久之后房门打开，归春和跟着五师父从屋中出来。苗经理惊讶地发现，归春和一脸萎靡，与之前满眼狡猾的样子判若两人，走路踉跄不稳，全没了之前的气势。

苗经理愣怔地看着三人，嘴上的肿此时已经消了，但不知怎么的，整张脸如同被根皮筋绷着，五官堆挤，只能做出个苦相来。

报君知走过他身边，停下来道：“原本你天生的面相极好，是个正财绵延、横财不断的长相，可惜你心性太差，命里担不起这份福气。”

苗经理听着眼前这年轻人说话，一时间心中忽觉澄明，之前那些钱财大过天的想法，竟浅淡了许多，回想自己之前的作为，不觉愧悔起来，低头不语。

报君知望着他，说：“相由心生，若你想找回自己的福气，还是要变变心性才行。”

苗经理经过这件事之后，变成个愁眉不展的困顿相貌，之后各项生意一败涂地。他对金钱之外的人情事物渐渐生出敬畏之心，将自己一大半财产捐贫助困，坚持多年之后相貌才终于恢复如初，但做生意的运气也大打折扣，事业一蹶不振。

而归春和原本天赋极高，本是堪舆街里人人看好、大有前途的风水师，却因心性卑劣，被消除了天赋与术法，逐出师门，自此成为个普通人。堪舆街里每个掌家人茶余饭后都用他的事情来警诫自己的弟子，大家每每说起也是一番感叹唏嘘。

这件事过去七日之后的一个清晨，报君知领着个八岁左右的男孩来到钉子户的门前。

男孩穿着一袭粗布衣衫，完全不似城市小孩的打扮。他眼神茫然地环顾着已经被夷为平地的四周，有些犹豫。报君知轻轻拍拍他的肩膀，示意他往前走。

正在此时，屋中的女人一脸憔悴地走出来扔垃圾，抬头看见报君知与孩子，先是愣怔，随后吃了一惊，她忽然扔了垃圾袋，大步地向这边跑过来。

一直很安静的男孩在此时放声大哭，边哭边指着女人大声叫着："妈妈，妈妈。"

女人听见孩子的呼喊，脚步有些踉跄，几次险些摔倒，待跑至近前，一把抓住孩子，仔细看着，似乎完全不敢相信自己的眼睛。她用手摸着孩子的头顶，声音颤抖地叫着儿子的小名，孩子边抽泣边答应，她又叫，孩子又答应……连叫几声，孩子答应得越来越响亮。女人终于将男孩紧紧拥入怀中，良久，才发出压抑已久的低吼般的哭泣声。

小屋中的男人听见女人的哭声，以为是开发商又来发难，手中拿着一把铁锹从屋子里直冲出来。跑到跟前，看见如此情景，目瞪口呆地站住，手中的铁锹失手落地。他上前缓缓蹲下，抱住妻儿泪如雨下，只觉浑身抖得连话也说不出来了。

报君知远远看了一会儿这团聚的一家人，默默转身离开。

几天之后，“旧日时光”咖啡店，报君知坐在老座位上，喝着加了双份糖浆的摩卡。

天气晴好的时候，咖啡店东窗下，会摆上一台60寸的电视，这里的客人可以自行转换电视频道。此时有客人拨到新闻频道，正在播放一则新闻：

“最近警方破获一起奇特的重大儿童拐卖案，案犯历时八年，跨越五省作案，涉嫌拐卖儿童二十三名。不知是否良心发现自感罪孽深重，该案六名案犯在一日黄昏集体投案自首，争相将常年所拐卖的孩子来处与去处详细供出。更令人惊奇的是这六名案犯又于自首次日全部翻供，转而众口一词地声称，当日是受了一名年轻外地男子的言语蛊惑，糊里糊涂地跑到派出所，所说一切都非事实。

“但是警方根据前日众人的供述，前去案发地核实，竟真的逐一解救出二十余名被拐卖的孩子，最大的十岁，最小的刚满三月。铁证面前，众嫌犯最终无可辩驳，当场认罪。现在被

拐的孩子部分已经回到父母身边，余下的送到福利院等待父母前来认领。”

随后电视画面中出现了火车站多名父母正从警察手中接过自己孩子的情景，骨肉相见，一片号啕痛哭之声，个个紧紧相拥，场面令人唏嘘。

几名客人围在电视机旁，看得聚精会神，其中一人奇道：“那个年轻男子到底是什么人啊？”

报君知安静地坐在不远处，喝着咖啡，仿佛尘世间的一切纷扰与他无关。没人看见，刚刚他倒在咖啡中的牛奶在一瞬间凝结，变成一幅清晰的母子相拥的图画。

报君知手握杯子，微微一笑。

老人苗

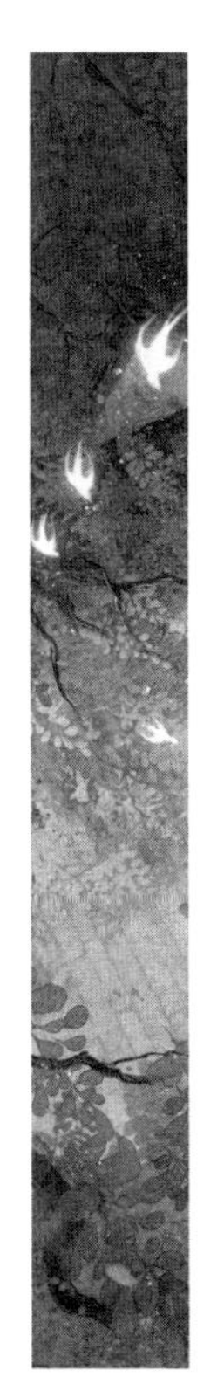

报君知虽然一直刻意隐藏自己的行迹，却无法避免有些曾受过他帮助的人，私下里跟人讲述他的故事。

故事里的他独来独往，没有人知道他的年纪、来历，没人知道他是怎么学得这一身匪夷所思的本事，又为什么独居小院与世隔绝，没有朋友，没有恋人，没有家人。

不知多少人在听了这些故事之后，对报君知心生好奇，而思玉就是其中一个。

她不止一次地幻想过，传闻中那个弥漫着紫藤花香的幽静小院到底是什么样子的，而紫藤架下站着的神秘男子又是何等模样。

他是真的存在于这世上吗？如果能亲眼见见就好了。思玉常常这样想。

那花枝街她不知道去了多少次，每次去，都在街上来来回回徘徊大半天，然而128号院始终没有在她眼前出现过。

渐渐地，连思玉自己也觉得不能再整天陷在无聊的空想里了，再发展下去，人都有点魔怔了。恰在此时，她遇到了一件难事。

思玉有个女友名叫方子，半年前交往了一个男友。此人名叫萧亦，不仅年轻帅气，而且性情温良，对方子极为疼爱。方子与萧亦情投意合，非常合拍，短短数月便决定相伴终生。

但不知为何，方子每次问起萧亦的家庭，他都神情黯然，缄默不言。终于，一次萧亦喝醉了，亲口跟方子说，怀疑自己被父亲下了蛊，因为父亲不愿意让他离开自己，所以想用蛊虫来控制他。这话让方子大为吃惊，但一是想着醉酒之言未必可信，二是巫蛊一事太过离奇，就并未真当回事。谁知之后没多久，萧亦与父亲便因为他想结婚的事情大吵一架。

萧亦年轻气盛，一怒之下扬言要离家。其父听闻，顿时态度软了下来，劝儿子先回家将结婚之事好好商议。方子也力劝萧亦以父子和睦为重，萧亦这才不情不愿地回家去，谁知萧亦自此销声匿迹……方子因身份只是女友，虽然知道萧亦是被他父亲禁足，却也无计可施。

事情原本就这么被搁了下来，不料突然起了变化。

几日后的一个深夜，方子被一通神秘的电话吵醒，电话中男友声音嘶哑，惶恐地求方子救他，说自己当真被父亲下了蛊。他正要说出蛊的名字时，电话却忽然间中断了。

事情至此，下蛊一说，方子已经信了八成。她在家纠结良久，忽然想起思玉总是在她面前念叨的那个风水师，于是匆匆赶到思玉家里，两人商量之后，都觉得只有报君知才能弄清楚这件事。

匆匆吃过了午饭，思玉带着方子来到花枝街，三遍走过之后，128号的大门依旧没有出现。思玉心中有些沮丧，站在僻静街角踌躇着，既然报君知不愿意出现，那现在她们是继续找还是离开？

方子此时心急如焚，全没思玉那么多顾忌，竟直接在街中高声喊起了报君知的名字。

思玉大惊，连忙阻拦。两人正在推搡间，忽然一只通体透明如玻璃，唯有翅膀是银色的小蝉飞来落在了方子的肩头，有个声音不疾不徐地自银蝉腹中发出：“来鱼化胡同的‘旧日时光’咖啡店找我。”

两人石化般愣怔住，少顷思玉喜不自胜：“是他！是他！”

再说萧亦这边，他被父亲萧持远关在家里已经整整一周。父亲这次强硬的态度令他十分意外，没想到自己快三十岁的人

了，父亲竟然真的做得出封门禁锢的事来，父子俩已经冷战了数日。

这一日是萧持远生日，他命厨子拣着萧亦喜欢的菜肴做了满满一桌。

三叫四请之下，萧亦黑着一张脸勉为其难地从房间走了出来。萧持远一见大为高兴，笑盈盈地亲自为儿子盛饭夹菜，尽找些儿子平日里感兴趣的话题聊。

萧亦最先还绷着，但看着两鬓斑白的父亲弯腰哈背地站在自己旁边布菜，心也软了下来。

他按住父亲的手，示意萧持远坐回椅子上。过了良久，他叹息道："爸，我是真的想结婚，不是胡闹。我是认真的，我可以对我的决定负责。"

萧持远收起笑容，望着坐在长餐桌对面的儿子，眉头紧锁，语气坚定道："你怎么如此固执？我早说过不行，这件事你不要再想了。"

萧亦的脸色顿时阴沉下来，继而两人都陷入了沉默。

萧亦克制着自己的情绪，过了一会儿他终于忍不住开口道："我就是不明白，你为什么不许我结婚？我女朋友真的很好，而且很爱我，她甚至不介意我身有顽疾。"

萧持远见儿子激动，他反而恢复了若无其事的表情，低声道："你为什么要结婚？感情是这个世上最靠不住的东西，女人的爱总是说收回就收回。”

萧亦轻声道：“我想有个家。”声音里透着些凄凉。

“你有家，”萧持远不紧不慢地喝着汤，“这里不是你的家吗？”

萧亦微显愕怔地靠在椅子上长长地呼出了一口气，神情萎靡地低声道：“这里是我的家？我怎么从来也没有这种感觉？我觉得我更像是你圈养的宠物，完全按照你的意愿活着。从小到大，吃饭只能吃七成饱，不许大笑，不许碰冷水，不许跑跳，每天要按着你的要求吃钙片和各种维生素。我长这么大还从来没有游过泳，也没有自在地逛过街。每天的大半时间里，我只能活动在你眼前这块巴掌大小的地方……你说，我跟一条狗有什么区别？”

萧持远望着有些悲愤的儿子，脸上的表情有些不自然，他勉强道：“我跟你说过的，你有先天疾患，必须要特别小心，否则发作起来有生命危险。”

萧亦终于忍无可忍。他“噌”地站起身，面前的桃胶炖雪燕被打翻在桌子上，他几乎是在吼叫：“你一直在骗我！我告诉你，我已经去医院做过全面体检了，我很健康，什么病也没有。你为什么不肯承认，当年你把我从孤儿院领回来，就是为了让我复制你可悲的命运，孤独自闭，没有喜好，没有朋友，没有婚姻，没有爱……你凭什么这么对我？”他吼叫着转身离

桌，跑过奢华的大厅，摔门而去。

然而刚跑到院子里，他就被一直把守在那里的园丁给架了回来。

萧持远目光复杂地看着儿子被押送回卧室的背影，沉默地听着儿子近乎歇斯底里的吼叫。过了良久，他苦笑了一下，喃喃自语道：“其实当年，我也问过同样的问题……”

鱼化胡同深处，果然有个挂着“旧日时光”牌子的咖啡店，店门前有个被茂盛的金镶玉竹围起来的小院子，大约百十来平，零散地放着十几套伞桌。

天色已晚，几个侍应正逐个为桌子点燃桌蜡。这里的侍应身高相等，年纪相仿，不仔细看甚至连相貌都差不多，都是一张笑嘻嘻的圆脸，一副好脾气的模样。

老客都知道，这里的桌蜡很特殊，是由老板亲自制作的，每月定期更换。这些桌蜡都是圆柱形，大约小孩手臂粗细，蜡液中分别掺杂各种精油与花瓣，是以颜色各异、香气不同，有的闻之令人平静，有的闻之令人振奋，有的闻之令人欣喜愉悦，有的闻之令人沉湎感伤。

角落里有张单独放置的伞椅，侍应将蜡烛点燃时，烛光映出一个男子俊美无比的脸庞。侍应恭敬地弯下身子，微微前倾道：“报先生，这个月的蜡，我已经给您包好放柜台里了，您走时记着拿。这次店主给您选的是梨花香，烛心用的是鲵人鱼须。店主说那条鲵人鱼看了好多的古书，极有学问，您若是点着此蜡看古籍，有疑问的地方，会显现出鲵人的注解。”

报君知轻笑道：“你家店主把那条极有学问的鲵人鱼给怎么了？它肯让你店主剃须？”

侍应也笑：“我大致听着，是店主答应把它要看的所有书都找齐喽。”

侍应走开后，报君知神情悠闲地听着点唱机里传来的老歌。他的手里握着几枚硬币，每当歌声停止，他就对着伞椅旁机器的投币口放一枚，让歌声不间断。

思玉一路上都激动得不能自已，方子比她稍微淡定些。传闻都说报君知是个相貌俊秀的男人，但当两人被侍应引领着走近那张伞椅时，还是被那张美到极致的脸惊艳到有些愣怔。

两人保持着这种近乎迷离的神情望着报君知，好一会儿才醒过神来。

思玉红着脸有些结巴地先出声：“报先生……我真的不敢相信能见到您。我……找了您好久，大约有一年的时间，我都在花枝街里……”

报君知轻笑：“嗯，都在花枝街里走来走去。”

这时，侍应端来两杯杨枝甘露、一碟芒果班戟、一碟椰蓉

小豆凉糕和两份杂果小圆子，放在了桌上。

报君知望着两个女孩，温声道："都跑得一脸汗，坐下边吃边说吧。发生了什么事，要让你们在街上那么声嘶力竭地喊我？"

两人听话落座，方子想着终于可以帮到男友了，满心激动，一时竟不知从何说起。

报君知望着她，随手碰了一下桌上淡黄色的香蜡。那蜡烛原本散发着淡淡的桂花香，此时忽然间浓郁了起来，也就片刻，方子忽然觉得心静神安。她歇了一会儿，将气息调匀，开始详细地将整件事讲了出来。

讲完之后，方子有些担心地望着报君知："这件事如此的怪异，而且直到现在一点线索都没有，您……会帮我们吗？您想要什么作为酬劳？"

报君知思索着轻声道："既然你们找到我了，我没有不管的道理。但这件事的确有些蹊跷，安全起见，你们最好听我的安排。"

思玉抢着点头道："我们都听你的！"

方子也跟着点头。

随后，因为不知道萧亦手机被其父收走，方子在萧亦的手机留言箱里留了音频，把自己因为担忧而向报君知求助的事情说了一遍，并嘱咐萧亦配合。

思玉与方子离开“旧日时光”后，报君知就着烛光以手指在一张符纸上画了个怪异的符图，落指于纸，纸上便显出朱红色的痕迹，形似一只大熊。熊形符图在纸上只呈现了几秒便消失无踪，报君知随后将符纸放在烛火中点燃，符图转瞬间燃烧殆尽。

大约过了一个小时，头发凌乱、一脸憔悴的萧亦一脸懵懂地走进“旧日时光”。他脚步微微踉跄，好似有什么看不见的东西在推着他前行，一直走到报君知的面前。他咣当坐在了椅子上，愣怔地望着报君知，全然不知所措。

不知道为什么，一小时前他忽然闻到一股桂花香，家里除他以外的人全部陷入了昏睡，然后他就感觉被什么毛茸茸的庞然大物推着前行，耳边一直传来狗熊般的低吼。这东西翻出他被父亲收走的手机放在他怀里，然后到了门口，居然还停下来，推着他的手示意他锁好门。出了街来到马路上，这东西又抬着他的手招停了一辆出租车。这一路上，他在后座始终能闻到动物身上浓重的腥味，耳边一直听着司机诧异地唠叨，说就像载了一车人一样开不起来。直到现在萧亦还不能确定自己是在做梦还是醒着。

报君知等萧亦休息了一会儿才让他打开手机收听方子的留言。

萧亦听到女友的声音，这才神魂归位，脸色渐渐缓和下来。当他终于弄明白报君知是方子找来帮自己解除困境的人时，又惊又喜，如同见到救星般，迫不及待地将事情的经过从头讲述起来……

听了一会儿，一直沉默的报君知终于开腔道：“这么说起来，你的家族的确是非常奇怪。”

“是的，我祖父也没有结过婚，三十来岁从孤儿院领养了一个孩子，就是我的养父。我养父成年后不知道为什么复制了我祖父的生活，也是三十多岁从孤儿院领养的我。那年我虽然已经六岁，可是对之前的记忆一点也没有。”萧亦苦恼地用手搓着脸。

“那么小，记不住什么也不奇怪。”报君知淡淡地回答。

萧亦面带疑惧之色：“懂事以后，我很想知道还能不能找到我的家人，就雇了几个私家侦探去查访，但是根本找不到我养父所说的那家孤儿院。这几年，随着岁数的增长，我的身体越来越不好，疾走几步就要心慌气短，整天无精打采的，对什么事都没有兴趣。我怀疑我养父在我身上动了什么手脚。”

“什么手脚呢？”报君知问道。

萧亦求救般看着报君知：“我怀疑我养父下蛊害我。有一次我养父喝醉酒，他指着我反复地念叨着三个字。”

报君知低头摆弄着硬币问：“哪三个字？”

萧亦的神情非常惶恐："老人苗。"他显然正被自己的猜想折磨着，脸色苍白，嘴唇也微微颤抖，"老人苗是什么东西？"

报君知的神情在这一刻冷峻起来，他放下手中的硬币，坐正了身子审视着萧亦，若有所思。过了一会儿他轻声道："你现在回家，当作什么都没发生，三天之后，还到这里来找我。"

"我那时不一定能出得来啊！"萧亦踌躇道。

"能出来。"报君知望着他说。

"那……酬劳是多少？"萧亦问。

"一棵老人苗。"报君知微笑道。

三天之后，萧亦如约来到"旧日时光"。

报君知、思玉与方子早早地就等在了那里。但令人大为意外的是，眼前的萧亦与三天前烦躁得近乎抓狂的模样判若两人，仿佛一切困扰他的难题都消失了。

他剪短了头发，衣着光鲜，神清气爽，神态平和，除了看起来略显匆忙以外，整个人简直正常得不能再正常了。

萧亦似乎连坐下的打算都没有，他飞快地从包里拿出一张支票递给报君知，说："事情就到这里为止吧。一切都是我的胡思乱想，事实上，那天我回家之后，便与父亲进行了一番

推心置腹的详谈……我们之间原来是一场误会。之前您跟我说要那棵所谓的老人苗作为酬劳，因为并不存在，所以也无法给您。不过，我也不能让您白忙活一场，就用这俗物当作酬劳吧，而我委托您办的事情到此为止。”

旁边的思玉与方子听了都大吃一惊。

萧亦看了一眼方子，目光里毫无亲近之意，反而略显疏离。

方子看着他又急又担忧道：“你爸又给你新下了什么蛊吗？”

萧亦的脸色很难看，他迟疑地望着方子似乎想说什么，眼神中露出一丝惋惜与愧疚，但也只是一闪而过，取而代之的是无比的决绝。他躲开方子的眼神快速地说道：“请方小姐原谅，我们认识的时日尚短，所幸也没什么实质性的交往。我之前和您说的那些话，方小姐权当是我冒昧唐突了。事实上，我并没有想要成家，不敢耽误您的时间，还请另择高婿。”

报君知并没有接支票，对于萧亦冷淡的态度似乎也并不意外，只是望着他淡淡道：“怎么，白白付我这么大一笔钱，连老人苗到底是怎么回事你也不想知道了？”

萧亦的眼神一时有些躲闪。他将支票放在桌子上，顿了顿，低声道：“我现在过得很好，不想再有什么改变。”似乎是忽然想到了什么，他盯着报君知道，“关于老人苗，我想那只是家父酒后随口乱说的。”

“是吗？”报君知轻笑，“你父亲随口就说了一个风水师都不一定知道的冷僻蛊术。”

萧亦怔了怔，戒备地看着报君知：“先前我对您所说的，都是我与父亲之间的误会。如今，我已经想通了，我们之间的委托关系已经结束，您不需要再过问之前的事了，一切到此为止。谢谢诸位对我的关心，就这样吧。”似乎是怕报君知再发问，抑或是方子再纠缠，萧亦说完就毫不犹豫地快步离开了“旧日时光”。

直到他的身影消失在门口，方子才缓过神来，愣愣地问报君知：“他刚才说的到底是什么意思？”

报君知轻声道：“大概就是，字面上的意思。”

方子因为萧亦这莫名的180度大转弯的态度，觉得既委屈又愤恨，情绪十分低落，思玉拉着她不住地劝慰。

报君知见状，嘱咐思玉先带方子回家，并承诺后面的事情他会继续追查。

萧亦的家位于郊外一片老式住宅区，是一栋纯欧式风格的三层别墅，掩映在茂盛的梧桐树林里。

天色渐晚，两个微胖的中年女人从门里走出来。走到离萧亦家远些的地方，两人才开始眉飞色舞地聊了起来。

一人道："我就说这家人脑子都跟有病一样，那萧老先生从来不愿意出门的人，前天突然自己一个人出去旅游去了，提个小包说走就走。七十来岁了你说你一个人乱跑什么？"

另一个也附和道："然后这老爷子前脚走，后脚他儿子就接了个小孩子回家，说是从孤儿院领养的。我看，没准儿是私生子，要不干什么急哄哄地趁他爸刚出门就接家来了，而且还把原来的园丁、厨子都辞退了。"

两人又是撇嘴又是摇头地继续议论道："干保姆干了这么多年，这样的父子真是头回看见。"

萧亦坐在客厅的意大利牛皮沙发上，他面前的地毯上坐着个五六岁的男孩儿，孩子的周围摆放着很多还未拆包的精致礼物盒，但是孩子对礼物似乎完全没有兴趣，而是有些不知所措地望着萧亦。

萧亦正在整理手中的各种证件与单据，转眼看见孩子呆呆地望着自己，温声道："怎么啦，不看看里面都有什么玩具吗？"

孩子的眼神中流露出与同龄孩子不一样的忧虑："为什么我没有妈妈？"

萧亦似乎很厌恶这个话题，他不耐烦地皱着眉："你不需要妈妈。记住，这个家里永远只有我们父子俩。这是我们的家，你会过得像个王子，想要什么就会有什么，最大的房子，最好的衣服，最昂贵的玩具与饰品……所以，你要听我的话。”他指着地上的礼物简短地道，“拆开，玩儿。”

孩子犹豫地看着他：“为什么我不能出去和别的小朋友玩？”

萧亦被这句话问得有些失神，过了一会儿才柔声道：“你有先天性疾病，不能跟别的小朋友玩，只能和爸爸待在家里。爸爸会一直保护你不让你受到伤害的。”

孩子有些懵懂地点点头，顺从地坐在地上开始拆那些五颜六色的礼物盒子。

萧亦的目光从孩子身上收回来，重新落在手里的那沓证件上。都是些房产证明与委托书，他已经决定要卖掉这里的房产，移居别的城市。

要在这么短的时间里卖掉这么大的一所房子并非易事，他只得将房子交给一家房产交易公司托管，房中所有家具陈设一并作价出售，他宁可为此交付一笔不小的托管费，也不想再耽搁下去了。报君知那双似乎洞察一切的眼睛越来越频繁地出现在他的脑海里，令他寝食难安。他甚至有种感觉，在这个城市多待一分钟都是危险的。时至今日他才清楚地知道，自己当初犯了一个多么大的错误，这个错误完全有可能导致一个隐藏多年的秘密被揭开，因为报君知这个人据说是从来不会让接手的事情变成悬案的。

几天后的一个凌晨，萧亦所住的别墅里突然传来孩子尖利的哭叫声。

萧亦家的保姆都是小时工，晚上并不住在这里，因此萧亦匆匆披上睡衣冲进了隔壁的儿童房。

那孩子不知怎么从床上跌到了地上，正双手抱住头一脸痛楚地在地上翻滚着。

萧亦虽然有些着急，但是并不慌乱。他冲过去抱住孩子，搂在怀里安慰着："不要紧的，刚开始的时候，是这样的，等你再长几岁就不会疼了。"

孩子却并没有因为他的安慰而平静，显然那种疼痛已经超出了他的忍受范围。他不停地大声尖叫，并使劲儿地用小手捶打着自己的头。

萧亦费力地控制着他，突然大惊失色，只见孩子白嫩的额头忽然显现出一道道突起的血痕，头顶也鼓出了一个拳头大的包。

"这是怎么回事？"萧亦慌张地自言自语道，"当年我并没有这样。"

此时，孩子的哭声却忽然停止了，小小的身体整个软了下去，额头状如裂纹的血痕越来越深，头部血管膨胀，整个头颅似乎就要裂开一般。

萧亦更加不知所措起来，他抱着孩子急得大叫："醒醒啊。”

孩子的脸色越发苍白，随着头部的涨大，他小小的身体开始抽搐。

萧亦见状心急如焚，来不及多想，抱着孩子奔到客厅拨通了急救电话。

很快，门口传来门铃响。

萧亦将孩子放在沙发上，跌跌撞撞地跑去开门。

打开门的一瞬间，萧亦觉得自己整个人都石化了。站在门口的不是医护人员，而是那个风水师——报君知。

他曾设想过很多次这个场景，他觉得如果真的发生了，自己铁定会转身逃走，因为他很清楚报君知的出现意味着什么。但是此刻，他只是长长地叹了口气，心里奇怪地泛起一种尘埃落定后的安然。

报君知闪身快步走进屋里，径直来到孩子躺着的沙发边。眼见这个孩子已经呼吸微弱，报君知毫不迟疑地将手放在他的头顶，虚空地做了一个拔的动作，孩子立刻面露痛苦。随着报君知的手向上抬，那孩子的身形竟然随着他的手迅速长大，很快由一个幼童变成少年……渐渐地，报君知似乎有些吃力，他顿了顿，重新用力，终于将一个东西从孩子的头顶完全拔了出来。

跟在报君知身后的萧亦很清楚地看见，那是一棵通体雪白

如同一把捆在一起的胡须般的植物。再看沙发上的孩子，眨眼间身上的衣服层层崩裂，露出成年人强壮的身体。

报君知将那胡须般的植物抓在手里仔细地看着，只见它的根系极为粗壮，底部已经分出三个如同小土豆般的块茎。

“这么说，你们已经互相种植了三次了，”报君知有点惊讶，“你们不知道老人苗也是会生长的吗？这样连续种植，它会越长越大，直到将受种者的头完全撑破。”

就在说话间，老人苗在报君知的手上开始枯萎变黄，晶莹水润的块茎也干瘪成如土块般的褐色。块茎发出老人般的咳喘声，突然生出无数细爪样的根须，向报君知抓去，似乎还想自救。但是那些根须刚刚触碰到报君知的身体，就如碰到烈焰般委顿下去，消失无踪。报君知从怀中掏出一个金丝小袋，将已经毫无声息的老人苗小心地装了起来。

与此同时，躺在沙发上的那人露出惊诧的神情，但这个表情还未完全显现，他原本年轻光洁的脸上迅速布满皱纹，一头黑发尽皆变成雪白。那张脸赫然正是萧持远。

萧亦看着老人苗在报君知手上枯萎，不由得激动地大叫一声向前冲了过来。但是他只迈了一步，身体便忽然佝偻下去，那件合体的西装一下子如同大了两号一般，再抬头也变成了须发皆白的老者。

老人苗产自苗疆，原本是当地流传已久的一门蛊术。将一棵老人苗自人的顶门栽入，一昼夜之后那人就会萎缩成一个五六岁的孩童，但是记忆全失。要到三十年之后，那棵老人苗长出一个新的子株，受种者的记忆才会恢复，但是此时也必须将老人苗从身体内移出。只要这棵老人苗不死，那么受种者就不会恢复原本的身体年纪，只是如常人一样重新变老而已。

萧亦与萧持远是一对身家千万的亲兄弟，多年前，两人无意中得到一株老人苗，便突发奇想，轮流做老人苗的受种者，每三十年轮换一次，这样循环往复两人便可以永生不死。

为了不让更多的人知道，从而打破这个循环，当年两人约定谁也不能娶妻生子。

此时，萧持远也已经清醒过来。他望着萧亦苍老的面容，一瞬间就明白发生了什么。

兄弟两个多年以来从未以相同的岁数共处过，不是你养育我就是我养育你，此时心智和年纪忽然处于同样的时期，相互对望恍如隔世，一时间百感交集。

报君知望着他们道："你们带着老人苗这么多年，却不知道，老人苗之所以得名，是因为它其实是从垂暮老人身上种植出来的。所以它带着一个衰老身躯所有的顾忌，不可经热受凉，不可饮食无度，不可大悲大喜，不可动情动欲……无论样貌如何年轻，被种植老人苗的人永远要过一个耄耋老人的生活。即便是真的能无休止地种植下去，你们除了长生，一无所

有，这样的日子真的是你们想要的吗？做一个病弱的长生者真的比认真享受人世间所有的美好更重要吗？”

兄弟俩沉默地看着报君知。半晌，萧亦轻声道：“作茧自缚说的大约就是我们这样了。大哥，你还记得我们最初得到老人苗的时候，是多么开心吗？那时，我们以为从此以后便可以长生不死了……可是这么多年过去了，我发现自己一点儿都不快乐。”

萧持远望着与自己一样苍老的弟弟，想着两人轮流养育老人苗的种种艰难，几十年来谨小慎微，寝食难安，生怕出一点差错……感觉竟如坐了几十年牢一般，困苦不堪。谁知到头来依旧是大梦一场……想到此处，他不禁摇头叹息。

萧亦走到镜子前，望着镜中那个满头白发、皱纹堆积、身形佝偻的老者，长长地叹了口。他转头对报君知说：“我得谢谢您两件事：第一是您解脱了我们兄弟俩；第二是您今天独自前来，没带着方子。您大约早想到我这样子被方子看见太过难堪。我们兄弟俩也不适合在这里继续待下去了，我没办法亲自对方子解释，所以还要麻烦您一件事——找个合适的时间，将这件事的真相告诉她。如今，我只是觉得愧对了她。”

数日之后，思玉和方子应邀来到花枝街128号，报君知在紫藤花架下将事情的完整经过讲述了一遍。虽然来之前思玉与方子都做好了充足的思想准备，但听完真相还是极度震惊。

报君知起身来到花架旁养着锦鲤的小水池边，用手轻轻搅动几下池水，然后叫两人过来观看。

只见水池中凸出一块如镜子般光滑的水面，里面渐渐显现出一幅画面：一个椰树林立的热带小岛，白色的海滩，两个白发苍苍的老人穿着泳裤坐在椰子树下的躺椅上，手里分别举着一杯色彩缤纷的鸡尾酒，望着细浪翻卷的海滩一脸惬意，两个身穿比基尼的漂亮姑娘正在为他们做肩部按摩。

萧亦语调轻松地道：“在这里住了快一个月了，接下来要去哪里？”

萧持远将酒杯里的腌橄榄放在嘴里嚼着，笑道：“听说地球的南北两个磁纬度67°的地方都特别容易看到极光，你说我们去哪边？”

“都去！新闻上说用望远镜能看见双极光，是不是买部哈勃望远镜就能看见南北双极光？”

“哎呀！你这个科盲，那说的是能看见土星上的光。”

两人说笑了一会儿，开始兴致勃勃地商量到底是去阿拉斯加还是去南极。

思玉和方子看着水镜中两个迟暮的老者，不禁面面相觑。

过了好一会儿，思玉轻声道：“可能这样，算是最好的结局了，方子你说是吗？”

沉默了半晌，方子叹了口气：“算是吧，现在我只是郁闷，我竟然和一个快一百岁的人谈了半年恋爱，而且还觉得挺合拍，难不成我身体里也住着个老灵魂？”

思玉心中一宽，不由得大笑。她明白朋友已经将这段感情视为过去，心中不再有牵绊。

而她自己也因朋友这段离奇经历，见到了仰慕已久的报君知，也算了无遗憾了，此时她心中满是欢喜。

两人神色轻松地说笑了一会儿，起身离开水池，跑去紫藤花架旁边的银蝉树下，伸手逗弄那些栖息在树枝上的银蝉。

银蝉们清静惯了，此时被扰得莫名其妙，不得已成群飞离树枝围绕着两个姑娘上下飞舞，以示不满。

报君知依旧站在池水边望着水镜，镜中两位老者正兴致勃勃地安排新的旅程。

片刻过后，报君知挥手将水镜关闭，微微笑道：“人间岁月皆如此，没有一人逃得开。”

恶语者

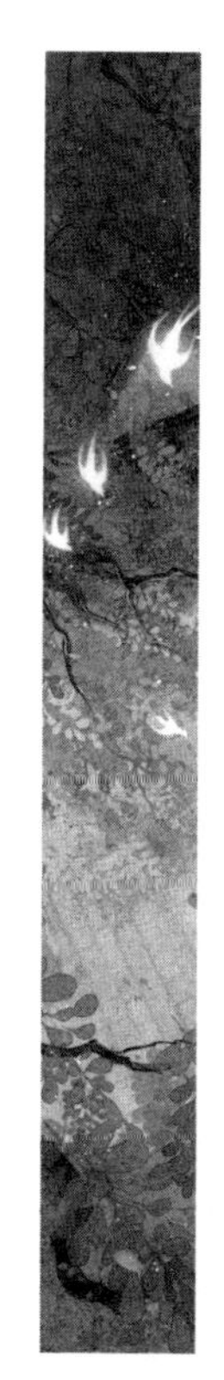

夙愿堂位于西城外，是家面积挺大的临终关怀医院，挨着地铁站。向西再坐五站地，便是这老城里最大的公共墓地，所以夙愿堂的病人常常爱开玩笑说自己离死已经不差几站地了。事实上，这也并不算玩笑，凡是住进这里的人，生命都已经进入了倒计时。

夙愿堂里除了固定的大夫与护士，还有很多自愿来帮忙的志愿者，会定期陪着病人聊天、散步，帮着做些打扫、洗涮的零活儿，尽心意做些让病人高兴的事。

但是，最近每个新来的志愿者都会被医生与护士叮嘱，不要去院子西区三排最里面那间单人病房，里面住着一位被大家唤作申

姨的女病人，她性情古怪，情绪极不稳定，每天摔摔打打是常事，而且特别不愿意与人交往。

其实申姨并不算老，也就五十多岁，她的病灶在脏器上，发现的时候，已经是晚期，医生预计的时间是三个月。如今她住进夙愿堂已经两月有余，医生估算的时间大约是准确的，这到了第三个月头上，申姨的精神头儿眼看着已经一日不如一日。

这位申姨一无亲朋故旧，二无子女家人，两个月前也是自己提着个小皮箱来办的住院手续。她在院子里住着，成天独来独往，看所有人的眼神里都充满了戒备与厌弃，若是有谁稍稍跟她搭讪几句，她也是恶声恶气地一句话回绝。

夙愿堂的医生和护士因此并不愿意与她多做接触，巡诊或是送药都是匆匆来去，不敢在她的房间多停留。但是大家心里多少对这个快要离世的古怪妇人有些好奇，私下里经常拿她当谈资。

据说，申姨最初入院的时候，曾经喝醉过一次，那天值夜的小护士听见她房里有摔东西的声音，慌忙跑去查看。门并未锁上，当时申姨几乎摔坏了房间里所有她能举得起来的东西。护士进门的时候，她正瘫倒在地上失声痛哭，护士将她往床上搀扶，听见她自言自语，说自己曾经是堪舆街里很有名的风水师……神神道道地说了一通，把那值夜的小护士吓得够呛。

后来也有别的医护人员看见过几次申姨在院子里烧纸符，据说神情肃然，口中还念念有词。

这个传闻散开后，大家更是感觉申姨身份诡异，院里上下连医护带病人都对她敬而远之。

在大家的猜想里，大限将至的申姨，只怕会孤孤单单、没人理会地终老于那间偏僻的病房里了。

令人意想不到的是，二月底的一大早，忽然有个年轻男人前来探望无亲无故的申姨。

这男人长相出奇俊美，尤其一双眼睛格外有神采。那男人打听好申姨的住处，便径直走向中院，惹得一众小护士扒着接待室的窗户争相往中院看。

后来有个好奇心重、胆子又大的小护士，借着送药的托词，想去申姨那里探听消息，谁知走近病房还未敲门，就听见房间里传来申姨痛哭的声音，然后听见申姨啜泣道："我知道，我当年因背着师门偷学巫术被逐出堪舆街，如今已经没有资格请求您的帮助了，但是看在我时日不多的分儿上，请您救救她，让我临死之前能化解了这个多年的心结。"

小护士在门外听得瞠目结舌，回想起大家对申姨的传闻，这才知道并非虚言，禁不住将手掩在口上，不敢发出一点声音。过了良久，只听屋中那男人轻轻叹息了一声道："我答应你。"

冬至的下午，周子墨看了看表，算上路程，此时已经有点晚了。昨天他在一家法国餐厅预订了餐位，而此时客人大约已经到了。他迟疑地看着穿着睡衣靠在沙发上打电话的妻子，想着要不要道个别再走。

房间里充斥着妻子小源高亢的嗓音：“你这个又矮又胖的被无数男人玩过的花痴，自己日子过得水深火热，还好意思教训我应该怎么去生活吗？留着你那些贤惠的点子贡献给愿意搭理你的傻瓜去吧。”终于，小源怒气冲冲地挂断了电话。

周子墨皱着眉头深深吸气，电话那端是小源最好的女友。听语气，人家不过是劝她不要整日与丈夫吵闹，但是很明显，刚才她所说的话已经令她失去这最后一个朋友了。

他心里不禁有些战栗，可以这么说，除了自己，小源身边再也没有可以说话的人了。这一年来，所有认识她的人都已纷纷与她决裂，毕竟，哪个正常人也无法忍受一张毫无缘故就恶语不断的嘴。这就意味着，小源在以后的日子里会用全部的精力来对付自己。

想到这个，他不禁苦笑。他注意到小源脸上的神情又开始变得惶恐而无辜，每次恶语出尽，她都是这副表情。她怔怔地望着电话，有些不知所措地用手掩住嘴，用力地揪扯着自己的头发。

“我为什么变得这样可怕？”小源站起身，木然地走到穿衣镜前。镜子里映出一张头发蓬乱、面容憔悴的脸，她用力撕扯着自己的嘴，眼泪止不住地滑过面颊：“为什么？我明明不想说那些话的，可是不讲出来我就感觉无法呼吸一样。”她轻声自语道。

周子墨看着小源的长发撒满微微抖动的肩头，就像他俩初遇时她柔弱的样子，他的心一下子软了下来，停住脚步想给她些安慰。

但是小源突然间像头神经质的野兽般转过头看着他吼道：“你还不赶紧滚！”她的脸一瞬间变得有些狰狞，吓了他一跳，“赶紧跟那个又老又丑的女人叙旧去呀，给她添饭夹菜，互诉衷肠啊！你赶紧给我消失，我现在看见你就恶心得想吐。”

周子墨迅速将手缩了回来，重重地叹了口气，转身离开。

他刚关上屋门，房间里就传来摔东西的破碎声和妻子的哭泣。

周子墨在门口揉搓了一下发僵的面部，忽然也想这么大哭一场。

这顿饭，是写在离婚协议中的。协议约定离婚后的第一年，每更换一个季节，周子墨都要与前妻悦怡出来好好地吃一顿饭。虽然周子墨觉得这很没有必要，但他还是按着协议如约

而至。

今日是冬至，这是他与前妻悦怡离婚后一年里第四次吃饭，也是最后一次。

餐厅里没什么人，两人面对面坐在蓝色法兰绒沙发上。前妻悦怡明显精心打扮过，脱了鹅黄色驼绒大衣，里面是白色兔毛连身裙，头发用两排水钻卡子束了起来。

菜，一道一道地端上来。

头盘是法式焗蜗牛，六只大蜗牛被放在特制的蜗牛盅里，白嫩的肉上撒着法香碎与东葱，香气四溢。周子墨趁热叉起一只放在悦怡的盘子里。

然后是一份清汤和海鲜沙拉。

当主菜上了的时候，周子墨终于开了口："你最近还好吧？"他一边切着带骨肉排一边淡淡地问，神情中透着漫不经心，但是悦怡还是被这句毫无诚意的问候给感动了。

"还不错，"她有些高兴地回答，"我在学拉丁舞，还报了旅行社下个月去爱琴海，签证已经办好了。并且安排好了旅行回来的健身计划，连教练都请好了。"悦怡细致地说着。

"嗯。"周子墨面无表情地点头。

悦怡顿了顿，似乎终于感觉到了周子墨的敷衍。她脸上浮现出一个意味深长的笑容，忽然话题一转问道："你妻子……对你好吗？"

周子墨有点意外，但还是尽量保证自己的声音与表情接近自然：“很好。”

悦怡声音柔柔地道：“别介意啊，她得到了我最珍爱的东西，代替我幸福着，我只是想知道她保管得如何。”

周子墨在这一刻抬起头很认真地看了看眼前的女人，似乎有什么话想说，终于还是什么也没说。

在女人的浅笑盈盈中，周子墨忽然有些恍惚。那些被自己抛弃的记忆忽然零零碎碎地涌上来，但是，他不喜欢这感觉，而且，他觉得让前妻保留这样的感觉也并非好事，所以有些话必须挑明。

周子墨沉默了一会儿，终于低着头问道：“这一年，虽然我并不赞成你的提议，但还是按着离婚协议做了。那么，今天这顿饭吃完之后……我们是不是就可以不用再见面了？”

笑容终于从悦怡的脸上完全消失，她死死地盯着眼前的男人，良久之后恨声道：“可以，我们永远不会再见了。”

窗外下着小雨，很细很细的雨丝滑过窗玻璃，周子墨已经对眼前的食物完全失去了兴趣。他如坐针毡，无意间抬起头，发现邻座上一个双目炯炯的年轻男子正在看着自己，那人的眼神如利刃般射过来，令他悚然一惊。

雨只下了一会儿，无论悦怡怎样细嚼慢咽，这顿饭终究还是吃完了。目送周子墨的车飞快地驶离自己的视线，她呆呆地

伫立在人来人往的街头，感觉自己软弱得如同水一般就要瘫在地上了。

报君知依旧坐在座位上，隔着玻璃窗默默注视着悦怡。

第二天的午夜，悦怡的身影出现在一栋六层居民楼的楼顶。在这一年里，她每隔一个星期都会上来一次，周子墨夫妇就住在对面楼的六层，站在这里可以将对面屋子一览无遗。

悦怡盯着坐在沙发上的男人熟悉的背影，轻声自语着："周子墨，我一直在等你，等着你幡然悔悟回到我的身边，可是临了，你居然连求婚时曾对我说过的话都忘记了。你不是说过从此会一直陪我度过四季吗？整整一年了，你天天听着那贱人的百般侮辱却依旧对那贱人不离不弃，那么好，我就让你永远过这种日子吧。"

悦怡用火机点燃手里的两条纸符，待它们完全烧着之后放进一个青花瓷碗中。她轻声念诵着什么，那青花瓷碗中忽然升起一团黑色烟雾，状如舌形，在空中悬浮片刻，迅速飘向对面窗户并钻了进去。

屋子里原本安静的小源，突然开始高声咒骂起周子墨。周子墨将手抱住头，蜷缩在沙发上，一副痛苦万状的模样。

眼看着楼顶上的黑雾越来越浓、越聚越多，悦怡的脸上泛起了笑容："过了今晚，你爱的人就永远是这个样子了。周子墨，这是你自找的。”

楼顶上刮起了一阵旋风，冬夜的风是如此的冷冽，一直冷到人心里去……

突然，黑雾混乱起来，那股旋风直冲烟雾的中心，瞬间将楼顶的黑雾吹得溃不成形。

黑雾散开后，现出一个身穿黑衣丰神俊美的年轻男人，他看着女人淡淡地道：“不必这么狠吧。”

这楼顶安静空旷，一年到头从来没有人上来过。这变故来得突然，悦怡大脑里一片空白。她抬头见自己好不容易凝集的黑雾就要完全散去，又急又怒，来不及思索便将青瓷碗中的灰烬向着男人泼了过去。灰烬飞出瓷碗后瞬间膨大燃烧，凝聚成一个火球向着男人砸去。

男人面不改色，随手将迎面而来的火球一掌打散。那火球变成无数燃烧的灰烬，在他四周飘散开来，如发光的蝴蝶般翩翩飞舞，有种诡异的美。

目光炯炯的男人微笑着站在月光下，手臂轻扬，一瞬间所有飘浮的灰烬消失无踪。

悦怡退后几步，大惊失色道：“你是风水师。”

报君知看着悦怡不疾不徐道：“恶语术，中恶语术者难以克制自己，对所有人都怨念丛生，恶语不断，直至众叛亲离。中恶语术若满一年，自此便会永远变成恶语者。今天正是你所

施恶语术的最后一天。”

悦怡定了定心神低声道：“你是周子墨请来的？他是怎么知道这件事的？”

报君知并不回答，看着她道：“当年教你恶语术的那个人没有告诉过你吗？让人变成恶语者，自己也要受极重的业报。这个法术伤人一万自损八千，你将从此感受不到任何的快乐，没有人会再爱上你，你的前夫也不会，最终你会在无尽的孤独中死去。”

悦怡微微愣怔，随即凄婉一笑：“我的快乐，就是看着周子墨离开那个掠夺我幸福的女人，看着那贱人最后孤孤单单终此一生。”

报君知凝视着她道：“把恶术施在平常人身上，在风水界向来是大忌。我看在你为情所困的分儿上，破解恶语术之后，此事就算了结，我不会再追究。”

“你追究？”悦怡忍不住大笑起来，“你好大的口气，你有什么资格追究？”

报君知淡淡一笑，右手手腕陡然翻转，做了个抓的动作。悦怡顿觉一股强大的气流迎面而来，手中不由得一松，随后她赫然发现，自己手里的瓷碗已经到了报君知的手中。

这一松一拿不过是眨眼之间。悦怡惊骇至极，她接连向后退了几步，脸上露出难以置信的神情。

报君知并不理会她，将瓷碗端在眼前用食指放在瓷碗中搅动着，原本笼罩在周子墨屋顶的黑色舌型烟雾，忽然快速倒退回来。

几分钟后，对面屋里激烈的争吵声消失了。两人坐在沙发上，小源抱着周子墨似乎在道歉，周子墨将她拥入怀里，安慰着。

退回露台上空的舌形黑雾中心出现了一个快速转动的旋涡，随着旋涡的转动，烟雾开始向四周消散。

悦怡面露凄楚，等黑雾散去，她费尽心思坚持了整整一年的恶语术就会完全被破解。她转头望着对面两个相拥的身影，心中犹如刀割，忽然虚脱般地瘫坐在地上。

过了良久，她神情呆滞地自语道："周子墨，他在我的心里曾经是完美无缺的。我最喜欢做的事情就是照顾他，我研究与他有关的所有东西，从营养食谱到他内衣的质地，我心里不由自主地会复制他的喜怒哀乐……这就是我对他的感情。我难道不是个好妻子？

"一年前，这个我以为会和我相伴终生的人带着那个贱人来找我，他假惺惺地向我道歉，努力描述着他与那贱人之间发生的一切。他把这称之为一段上帝赐予的、无比美好的爱情，他厚颜无耻地讲述他们是如何挣扎而又如何的挣扎不脱，真爱就是这样的嘛……最后，他要我成全他们的爱情，他拉着她的

手跟我提出离婚。我望着他的眼睛，那里面没有一丝的留恋牵挂，仿佛一切都理所当然，仿佛我不是血肉之躯，仿佛我只是这件事的局外人。

“为什么？我付出了最纯洁的感情和最美好的年华，却抵不过那个贱人对他说的几句甜言蜜语？这世界上有公平吗？这一切都是那贱人的错。”

报君知冷声道：“恶语者非常人所能忍受，你前夫能忍耐一年，已经很说明问题。人性品格先放在一边，这足以证明，你前夫的心的确在别人的身上，你何苦还执迷不悟？”

“我早就悟了，”悦怡有些歇斯底里地站起身，她望着报君知高声道，“离开周子墨，我生不如死。”

此时，露台上空的黑雾还剩下碗口大小，悦怡的脚下有个破碎的啤酒瓶，她在黑暗中俯身捡起一块较大的碎片，厉声道：“我知道我斗不过你，但是，死人施的恶语术你破解得了吗？”说完她猛然将玻璃碎片对着自己的脖颈狠狠划了下去，且精确地划在了动脉上——

血并没有如想象中那样一下子喷溅出来，她刚感觉脖颈有些刺痛，手中的玻璃片忽然像放在开水里的冰块般完全融化掉了。这一下只在她的颈间划破了浅浅的皮，几滴血沿着她的脖颈滑落下来。

悦怡有些茫然地看着那块玻璃以液态的形态顺着自己的手

指间隙滑落在地上，对面的男人淡淡地道：“到此为止吧，你重新开始生活，对所有的人都好。”

她面带惊异地望着报君知看了一会儿，忽然间整个人平静了下来，苦笑道：“周子墨花了多少钱找到你这样的人物为他解围？”

她咬着嘴唇沉默良久，然后缓缓地道：“从今以后，我会不停地施术，你无论破解多少次我都会重新来。你要么杀了我，要么就天天给那贱人做随身保镖。我无所谓，反正我有一辈子的时间。”

报君知神情凝重地望着她：“你要相信，这世上并不缺少公平，但你不可将自己的决定作为公平的准则。我向你保证，周子墨自会有属于他的业报，还有……”他朗声道，“我并不是周子墨请来的，找我来破你恶语术的另有其人。”

悦怡有些愕然地抬头，报君知温言道：“别想太多了，今晚好好睡一觉。明早9点，我带你去见这个人。”说完转身，身影消失在浓重的夜色里。

第二天一早悦怡洗漱完毕，从窗口望下去，竟然真的看见昨天阻止自己的男人等在楼下。

报君知带着悦怡来到夙愿堂的时候，已经临近中午。两人做过登记之后走进中院，只见院子里的老枫树下放着一张白色木制长椅，上面坐着一个目光呆滞、面无表情的老妇人。老妇

人衣着邋遢，面色憔悴，长满老人斑的双手向外平摊着，那是个类似于乞讨的姿势。

悦怡跟着报君知走了过去，老妇人看到报君知的时候，牵动了一下嘴角，算是个笑容。她眼神空洞地缓缓道：“我昨天晚上又梦见有人爱上我了。那感觉真好，就像整个人都浸泡在温水里，身心都热乎乎的。”她自嘲地笑了，“想了想，我这一生从未被人真正爱过，也从未真心爱上过别人，实在是白到世上走了一回。”

报君知沉默了一会儿低声道：“你托付的事情，我已经办好了，也带了她来见你。我觉得真正解开心结，还是要你自己。”

老妇人身子一颤，这才发现一脸茫然的悦怡站在报君知的身后。她有些激动地看着悦怡，挣扎着站起身，双手挓挲着，表情复杂却说不出一句话来。

老妇人鼻翼旁有一颗鲜红的痣，悦怡心中一动，猛然想起了她是谁。

在悦怡十四岁那年，她原本恩爱的父母不知为何开始整日争吵，直至摔东西互殴。两人从相爱的伴侣突然变成了彼此憎恨的仇敌，每天随时随地开战，家中变成了战场，日日一片狼藉。

那时的父亲完全变成了另一个人，对所有人都诸多挑剔，整日恶言恶语，尤其是对母亲，辱骂已经到了最恶毒的程度。不久之后，忍无可忍的母亲终于离家出走。父亲随后与身边所有人争吵打闹，尖厉狠毒的话层出不穷，毫无节制。

不久，家里的亲戚都与父亲断了来往，连邻居看见父亲都会绕道而行。父亲原本有份很好的工作，最后也被迫辞职在家，落得个前程尽毁、众叛亲离……那些日子里，父亲天天借酒消愁，悦怡像只被遗弃的小猫，没有人过问她的饮食起居，她整天逃学，有时在外面不回家，父亲也无暇过问。

有一天，悦怡像往常一般在街上游荡，一个鼻翼旁长着红痣的年轻女人忽然走过来与她搭讪，说着说着，就拉着她进了一家路边的甜品店。

那个女人说很喜欢悦怡，还请她吃了很多碗她最爱吃的木瓜凉粉。悦怡记得那女人相貌秀丽妩媚，脸上的笑容比碗里的甜品还要甜。女人在那个下午细细地教给悦怡这个名叫恶语术的法术，她离开的时候笑着对悦怡说："如果以后有男人辜负了你，你就用这个法术对付他，届时，他一定会回心转意的。"

泪水从老妇人的脸上滴滴滑落，她哽咽道："其实当年，我是你父亲的情人。我逼他娶我，可是你父亲始终不肯离婚，他说与我只是露水夫妻，他不能对不起老婆和女儿。我恨极了，觉得自己付出了这么多而你父亲只把我当成玩物，实在气

不过，所以……”她愧疚地看着悦怡道，“但是，我最不应该的就是对你父亲施了恶语术又将这害人的恶术转教给你。我没有告诉你，施术者比恶语者的下场更惨。我当年只想着报复你父亲，只想摧毁他所珍惜的一切。完全将自己的人生置之度外……”

悦怡愣了半天才回过神来，此时她才明白眼前的老妇人所说的到底是怎么一回事。她面色发白，定定地看着老妇人，轻声道：“我父亲最后患了很严重的抑郁型精神病，在他和我母亲结婚二十周年纪念日那天，他把自己的嘴唇完全缝合后，跳楼自尽。”

老妇人身体微微一颤，她佝偻身子艰难地坐回长椅上抽泣起来：“孩子，相信我，这并不是我乐意看到的……这些年，我受到这法术的反噬，整天过得生不如死，心中早已经悔过了。我说这些，不敢祈求你原谅我，只是希望你千万不要落到我的下场。你不知道那个时刻何时到来，也许就是一个普普通通的黄昏，你突然间想明白自己所做过的一切错事，也清楚地知道自己再也没有弥补的机会。那种痛苦无法用语言形容，就像一万只蚂蚁爬在你身上咬噬，用什么方法也消除不掉。”老妇人说到这里忽然捶胸顿足地大哭起来。

悦怡看着眼前已经老得面目全非的妇人，心中五味杂陈，难以言喻。

此时清冽的风吹过来，枫树的叶子迎风摇摆，细碎的阳光透过枝叶的缝隙落在三人的身上。她听见身旁一直沉默不语的报君知缓缓道："且不说在常人身上施用恶语术的业报，单就你的婚姻来说，缘法已尽，这么做已经于事无补，徒让自己在那段不快乐的过往里越陷越深。"

悦怡在这一刻泪盈于睫，过往种种忽然潮水般涌上心头，良久以后，她重重地呼出一口气，感觉一直郁积在胸口的什么东西一下子被吐了出去。她长久地凝视着老妇人布满皱纹的脸，在一声叹息中泪水滚滚而落。

离开的时候悦怡望着报君知苦笑道："谢谢你，此刻我才能放下，重新开始生活，但这世上终究是没有公平的。"

悦怡单薄的身影缓慢而颓然地走出夙愿堂，报君知注视着那个身影直至消失。

事情过去数日，报君知独自坐在花枝街128号院的紫藤架下喝茶，忽听门环轻响，接着，影壁墙后面探出个比球还圆的脸，这是"旧日时光"咖啡店的侍应们特有的脸型。店里的侍应不止脸型一样，身高也相同，甚至连容貌也颇为近似，客人们经常会认不清到底是哪一个侍应为自己下的单。

那侍应探头张望后，谦卑地笑笑，从墙边一路微鞠着身子小跑进来，待跑到报君知面前，恭恭敬敬地从怀中掏出个盒

子，双手捧着递上前道："报先生，小的奉命给您送这个月的香蜡，还有……"侍应有些迟疑地望了一眼报君知的脸色，"还有，店主让我给您捎句话。"

"讲吧，"报君知接过盒子打开，在蜡烛堆里翻着，忽然抬头问，"我要的东西呢？"

圆脸侍应讪笑着，小心翼翼地一边后退一边道："这就是我家店主让我给您捎的话。他是这么说的，您这阵子遇见自私自利的人太多了，您一看见这样的人就爱使'利他符'，所以您这半年都要了他三回血了。店主说，再这样继续下去很影响他生长发育……哦不是……是让他对这些人特别愤慨！所以……"那侍应打量着自己退得距离合适了，抬起头大声道，"所以店主昨儿个派我们店里的兄弟去打听好了路数，今儿亲自替您办后面的事去了。"说完，那侍应如释重负，一转身疾速跑出了院子。

报君知淡然地望着侍应惶恐而去的背影，过了一会儿，轻笑着拿起茶杯。

冬至过后已经有一周，周子墨那颗悬着的心终于渐渐落地，他原本担心前妻依旧不能罢手，还会如同以前一般，隔三岔五地发信息打电话，提醒他添减衣物、注意饮食，强求他一起过那些早已记不清的纪念日。说实话，这个女人死缠烂打的程度已经令他难以承受。

但悦怡消消停停的，再没有了任何消息，而原本这一年来满口刻薄恶毒之语的妻子，也恢复了之前的温柔体贴。周子墨觉得自己很久没有这么痛快和轻松过了，想想这一年，因为妻子总是出口伤人，所以自己每天早出晚归躲在外边，夫妻之间甚是冷淡。如今心中重负消失，整个人都轻松自在了，觉得之前冷落了娇妻，决定做些浪漫的事情来哄劝哄劝。

于是下午他提前下了班，买好了音乐剧的票，再掐算着时间订好了附近的西餐厅，之后还不忘去花店买一盒价格不菲的永生花。他记得妻子小源念叨那花好久了。

花被放在精致的水晶匣子里，经过特殊处理，无论色泽、手感都与刚采摘的无异，而且永远不会凋谢。周子墨挑了由粉红色玫瑰组合成Love的那款。

一切都办妥之后，他兴冲冲地抱着那硕大的水晶匣子，费力地打开车门，却惊讶地发现副驾驶的位置上稳稳当当坐着个陌生男人。

男人身材结实，长眉细眼，脸上虽带着笑，但那笑容让人心里冷森森的："你是周子墨？"

周子墨退后一步喝道："你怎么进来的？你是什么人？"

长眉男人低声道："我是个管闲事的。"他斜眼看着周子墨怀里的花忽然叹息道，"永远不凋谢的爱？像你们这种奸夫

淫妇，也好意思整这个景？”

“你说什么？”周子墨变色。

长眉男人鄙夷地用手指点着他道：“你遇见的讲道理的人太多了，就你这人品，属实不配。没和你前妻离婚，就和现任老婆勾搭上了。奸夫淫妇，我这么说委屈你们了吗？”

周子墨先是愣怔，尴尬，随后只觉得气往上冲。他打开车后门将永生花放在后座上，忽然对着那长眉男人吼道：“我就说这个神经质的女人不会那么轻易地放过我！”

他怒目圆睁道：“她到底要怎么样才肯罢休？我们去年就离婚了，法律上已经没半点关系，居然还叫你这样的流氓来骚扰我，对我的婚姻评头论足。我告诉你，如果她再用这件事来威胁我的正常生活，我就不打算再忍了。”

长眉男人抿嘴笑道：“首先这事儿和你前妻没一毛钱关系；再者，小爷怎么能算是流氓？”他望着周子墨邪魅地一笑，“小爷比流氓坏多了！你不能忍了，要怎么着呢？”

周子墨忍无可忍冲着长眉男人吼叫道：“胡言乱语些什么，还不快……”

话未说完，只见一片墨绿色雾气忽然兜头向他罩了过来，而刹那间周子墨眼前忽然有清晰的影像出现，皆是妻子小源与一个清瘦男子的各种亲热画面，地点五花八门，衣着四季不同，场景有酒店、健身馆、游乐场、电影院……甚至还有在自己的车里，尤其是在车里的场面最为不堪入目，两人在后座上交颈缠绵、翻云覆雨，十分忘情。

男人的声音在周子墨的耳边响起："这一年你每天早出晚归，你那娇滴滴的老婆可没闲着。这种女人好容易修习成了勾搭男人的技艺，可是不肯撂着等手生的，所以没多久她就在夜店泡了个男人回来，两人很是如胶似漆了一段。

"三个月前这小白脸玩腻了，甩了你老婆又去泡别的妞，你老婆伤痛之下，才准备收心与你好好过日子。这些事，她大约一辈子都不打算让你知道，若不是我对她施用了'他心通'，你哪有机会知道自己娶了这么个热情似火的女人。"

男人轻轻叹息："小爷那么宝贵的血，怎么能浪费在你这种人身上？还是眼前的方式更妥当，虽然逾越了规矩，又显得简单粗暴了些，但你这人渣只配这个。"

那些画面在周子墨的眼前不断循环闪回，甜蜜的拥抱、深情的凝望、惹火的亲热……周子墨看着看着只觉头昏目眩，手脚发凉。

不知过了多久，那墨绿色烟雾渐渐散去，眼前的幻象消失无踪，长眉男人也已经离开。窗外红日偏西，车里十分寂静，周子墨发现自己半倚在车的后排座上。他浑身无力地喘息着，刚才长时间地观看那些场面，受的刺激委实不小，心脏此时还在狂跳不止。

缓和了好一会儿情绪，他深深吸了一口气，不住地安慰自己道：“这都是江湖骗子的幻术，都是幻术，不要相信，小源是爱我的。”

头有些昏沉，他费力地用手撑住座椅，因为太过用力，手指竟滑进了座套的缝隙，指尖碰触到了一个硬硬的物件。他下意识地将手指更加深入，把那东西掏了出来——那是一个小小的红豆杉木的雕花烟嘴。

周子墨只觉头皮一阵发麻，整个人如同浸没在冰水里。他怔怔地望着这个小物件，竟完全地呆住了。

在刚才的幻象里，那个清瘦的男子与小源在车里亲热前，就叼着这样一个烟嘴……

肉傀儡

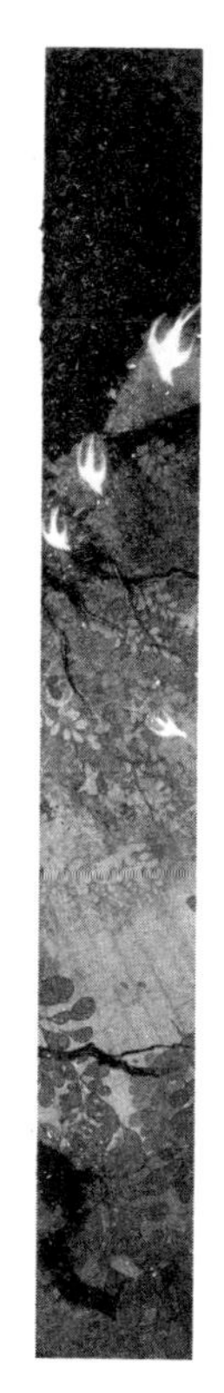

秦未艾接到那个改变她一生的电话时，丈夫爱吃的猪肚煲鸡才刚刚炖好。小笋鸡收拾得干干净净的，连同莲子、红枣、糯米、党参一起塞到完整的猪肚里，炖了足足六个小时，连鸡带着猪肚子都软软糯糯，一掀开锅盖整个厨房里都是热气腾腾令人垂涎的香味。

她拿起电话时满脸笑意，因为脑中正想象着丈夫坐在自己面前大快朵颐的满足样子，但是电话里传来的噩耗，令她瞬间如五雷轰顶。

她的新婚丈夫是一名国家级的极限运动员，因为挑战徒手攀岩时出了意外，从五十米的高度失足坠落身受重伤，在送至医院的

途中离世。

待秦未艾跌跌撞撞赶到医院的时候，年轻壮硕的丈夫已经成了躺在太平间殓床上的一具残破的尸身。她扑倒在丈夫身上哭得撕心裂肺。

秦未艾的幸福生活就这么轰然倒塌，她坐在地上眼神空洞得可怕，以后这人生还能有什么悲喜？还有什么值得高兴？还有什么值得忧郁？最能牵动这些心思的人都没了，她想到这里便拉起丈夫冰冷的手，使劲儿抽打着自己的脸，哭道："怪我，这都怪我，我没有保护你，可你明明定下的不是这个日子，为什么会提前了……"

旁边的医护人员见状大惊，一边阻止她一边劝慰："这是意外，与您无关。"

秦未艾却歇斯底里地大吼，整张脸都扭曲了起来，"你们知道什么，我原本可以阻止这个结果的，我原本可以保护他毫发无损的，我可以让别人替代他……"

没人明白她话里的意思，都以为那是受到刺激之后的反常言语。秦未艾就这么整个下午都重复着这句话跪在丈夫的尸身旁痛悔哭泣。

这世上最让人痛苦的一件事就是后悔，比任何的情绪都要猛烈与剜心，因为明明曾经与幸福近在咫尺，却又最终失之交臂。秦未艾哭到最后，想着与其痛苦地走完余生，还不如趁早结束这孤独的煎熬。她挣扎着离开太平间，上了医院的顶楼……好在一直守在门外的一名看护机警，一路跟着她，在关键时刻将其拦腰救下了。

秦未艾重新恢复意识时，发现自己好好地躺在病床上，知道自己是被人救下了。她心里既无感激，死志也并未消除，直到一位大夫俯下身和蔼地告诉她，刚才所做的抽血检查显示，她已经怀有身孕，而后续的B超与胎心监听都显示孩子胎心有力、发育良好。

秦未艾后来老是想起这一刻，窗外是特别好看的夕阳天，晚霞的光在窗台上就那么四下晕染开来。她耳朵里听见了这句话，冰冷的身体忽然暖了起来。

在看到丈夫的尸身时，她感觉自己的身体一下子被抽空了，只剩下个躯壳，而医生那轻飘飘的一句话，好像突然让她又充盈了起来。她的情绪渐渐平复，笑容又回到了脸上，她抚摸着腹部——这里有了一个孩子，是丈夫留给她的礼物。有了这个孩子，她已经被撕碎的幸福又拼凑了回来，她似乎又能好好活下去了。

秦未艾是远嫁，亲朋故旧都没在身边，出了这么大的事，身边都没个可倚靠的人。不幸中的万幸，是丈夫的意外保险赔付了不少保险金，足够她毫无顾虑地待产和抚育孩子了。

她千挑万选找了一名经验丰富的产前保姆，每日给自己做

配比科学的营养餐，自己做家务也只限于擦擦桌子、洗洗碗，每日早睡晚起，好吃好喝，尽管如此，还是整天心中惴惴不安，生怕会有一点问题影响到腹中这个珍贵的遗腹子。

就这么提心吊胆地凑足了月份，终于生下个健康漂亮的男孩，眉眼酷似其父。秦未艾欢喜至极，对这个孩子爱到了骨子里，给孩子取名佑远，希望他能人如其名，天佑长远。

秦未艾每日尽心尽力地看护养育儿子，日子就这么平静安然地过了下去。孩子从长相到性格都越来越像其父亲，直至孩子九岁那年，她突然发现了一件令她觉得极为恐怖的事情。

佑远的学校里有一栋教学楼的墙面没有窗户，学校将这面墙修建成了一面十米高的攀岩墙，而佑远有一次上体育课时借故跑开，在没有系安全绳的情况下，竟徒手攀到了顶点。

老师为了这件事，特地将秦未艾请到了学校里，将这件事告诉她的时候，虽然一直在检讨监护失察，语气中却多少带着些赞赏的成分。他告诉秦未艾，鉴于佑远这种卓然的体能，学校已经将其推荐到了青少年登山协会专门学习攀岩，而佑远自己也非常喜爱这项运动，表示要一直坚持学习。

老师讲完，满以为会看到学生家长喜悦的表情，而秦未艾却是一脸的惊惧。她双手使劲儿摇晃着道："这太危险了，我不会让我的孩子参加的。"

原本站在一旁等待夸赞的佑远诧异地望着母亲："我要参

加！我喜欢攀岩，这是我自己挣得的机会。”

秦未艾粗暴地将佑远扯到自己面前，神情凌厉地喝道：“你不可以参加这么危险的运动！跟老师说你不去，我说什么都不会让你去的。”

佑远莫名委屈地望着她，忽然间眼神坚决地嚷道：“我就是要去，你拦不住我的！”

你拦不住我的！秦未艾愣怔住，十年前丈夫也曾说过同样的话。她惧怕地望着儿子，只觉得十年前的那个在她头顶炸开的雷，又开始在耳边轰然回响。

晋楠找到花枝街的时候，已经临近五月，正是荼蘼花盛开的时候。荼蘼一开花事了，曼说桃李丁香，晚樱海棠，就连泡桐花都开始凋谢了。可当晋楠踏入这条传说中的老街，却惊讶地发现春日时光还慢悠悠地在这里晃荡，各种树的枝头都还满满当当地盛放着花朵，整条街姹紫嫣红，弥漫着浓郁的花香。她在那一刻怔在街口，来之前，对于住在这条街里的神秘男子的种种传闻，她原本半信半疑，但此时，她忽然实打实地相信了。

晋楠听说那人脾气古怪，所以不敢大张旗鼓地惊扰，就把儿子受伤时所穿的染血的衣裤从包里拿出来放在手上搭着，一边小心翼翼地四下张望，一边缓步前行。

一个小时后，待走到第三个来回时，晋楠已经开始有些沮丧。就在此时，突然听见道路左侧传来几声清脆的门环叩响，她连忙侧头望去，赫然看见一扇红漆大门由虚到实地出现在旁边的墙上。晋楠一时间惊喜交集，心跳骤然加速。她壮着胆子疾走几步上前，只见门楣上有个红底牌子，上面几个清晰的黑字写着128号。

门里是个十分安静的小院，晋楠在影壁墙后面站了一会儿，才鼓足勇气迈动脚步。绕过影壁是个小中院，当她抬头望见那传说中累累垂垂的紫藤花架和花架下半躺在罗汉床上看书的俊美男人时，一颗悬着的心这才真正放下来。

报君知脸上神情自若，一直望着她走到近前，才直起身。晋楠正想着自己应该如何恳求才能打动这人，报君知却微微一笑指了指一旁的藤椅道："直接讲发生了什么就好。"

晋楠面露感激，当下也不再耽搁，便跟报君知讲述了这近一个月里发生在自己家里的怪事。晋楠有个儿子叫作小桉，今年刚满十二岁。

小桉生性胆小，内向腼腆，从来不像同年龄的男孩一般淘气，放了学只喜欢躲在家里看动画片和漫画书，家里一直觉得这孩子特别省心。晋楠与丈夫都是单位骨干，工作繁忙，经常加班，所以懂事的小桉一直是自己上下学。好在学校就在他们家旁边，走路不过几分钟，这么多年了，小桉自去自回，从未出过任何状况。

可是，一个月前的一天，晋楠突然发现小桉身上出现了一些奇怪的伤痕，两条腿的迎面骨和双臂内侧都有大面积的擦伤，脱了衣服鲜血淋漓，小桉却完全感觉不到疼痛。

她与丈夫都吓坏了，焦急地查问小桉发生了什么事情，谁知小桉支支吾吾地说不清楚，只说隐约记得自己放学之后不知怎么走到了一个杂草丛生的地方，那里有一面挺高的石头山，自己当时不知受了什么招引，特别想往上攀爬，那感觉完全不由自己控制。他爬了大约有三米高就摔了下来，下落时在墙上一路摩擦，所以留下了这一身的伤。

夫妻俩听了小儿子的描述，觉得难以置信。他家是市区里的单位宿舍房，小桉描述的场景怎么都像是在郊区。小桉四点二十分放学，晋楠六点左右回家，一个六年级的小学生，兜里也没什么钱，是不可能在这么短的时间内从家到郊区打个往返的。

他们因此断定儿子在撒谎，但是小桉委屈地一口咬定自己说的都是实话。后来晋楠看问不出什么结果，而孩子身上的伤也不大严重，心里想着，也许不过是孩子长大了，学会了淘气，弄伤自己后又惧怕父母责怪，所以编出个玄乎的谎话来敷衍他们，这么想着，也就没再继续追问。

谁知两周前，晋楠傍晚下班回家，却看到了更恐怖的一

幕——小桉穿着血迹斑斑的衣服，躺在自家的客厅里昏迷不醒。她吓得半死，连忙将儿子送到医院。经过检查，发现小桉的左腿股骨中下段骨折，双手也有严重的摩擦伤，医生分析有可能是从高空坠落导致的。

…………

晋楠继续说道："我儿子苏醒之后，依旧感觉不到疼痛，也说不清楚发生过什么，还是重复说自己放学之后，糊里糊涂就去到了之前所去的那个地方，又看到了那座镶嵌着五颜六色石头的山，又忍不住想向上攀爬，也不像第一次一样畏手畏脚了，竟然一路顺利地爬得挺高。但是正爬得高兴，不知为什么忽然间感觉自己手脚一起失去了控制，就那么直接从上面跌落了下去……后面的事情他说记不清楚了，再恢复意识，就发现自己已经躺在医院的病床上了。"

晋楠眉头紧锁："我这才觉得真的不对劲，小桉从小就有特别严重的恐高症，他是不可能独自去到高处的。最初想着是被什么人给害的，于是就调了小区里的监控录像，找到事发那天的录像一看，发现我儿子竟然是在我回家前五分钟自己正正常常走回来的。这事把我和老公吓坏了，我们一起请了假，就这么轮流地日夜守着他，但是除了守着他，我们也想不出其他的解决办法。

"直到三天前，楼里的一位老邻居来探望小桉。这位老邻居是个花匠，从年轻时开始就在堪舆街里负责四季花木的养护，大约这样的事情见得多了，他觉得小桉有些不妥，就拉着我细问起来。我就把小桉这两次受伤的经过都跟他说了，邻居当时就变了神情，说这不是正常的事情，要请风水师父给看看。

“那天我和老公就背着小桉跟这位老邻居一起去了堪舆街。找了几家堂口，却没有哪位师父能看出小桉有什么异常。就这么走了一上午，老邻居的神情更加凝重起来，说小桉摊上的怕不是一般的事儿，就得找不一般的人给化解。我又按照他的指点，找到您这里来。”

报君知见晋楠的手里抓着件染血的衣服，他伸手取过，用手细细在衣服上摩挲了好一会儿，忽然有些黑色的细小颗粒如同跳蚤般争先恐后地从衣服的内里与皱褶间涌出来，汇聚在一起，成了绿豆大小的一团。

报君知用手将那黑色的东西捏起，眉头微微皱起：“是符灰，有人在你儿子身上施用了符图术。

“一共是两种，第一种是用来牵制你儿子的行动，这种符可以在较短的时间内迷失人的心智，将人化作肉傀儡，完全听从施术者的摆布；第二种可将人身上的伤病延迟发作，这也就解释了小桉如何能在腿骨折的情况下，行动如常地返回家中。”

晋楠听完十分惊恐，不知所措地望着报君知。

报君知让晋楠报了小桉的生辰八字，思索了一会儿道：“按照小桉的命理来看，是个孤阳在下、众阴在上的数格，命中自己阴阳难济，先天有失辅助，是个极其容易成为肉傀儡的体质。像他这样容易被操控的人并不多见，而且施符操控肉傀儡非常耗费施术者的体力，所以，施用术法的人不会轻易舍弃已经控制住的傀儡，等小桉身体恢复之后，只怕那人还会继续用符图术控制他。”

晋楠骇然：“到底是什么人，为什么要这么折磨我的孩子？我一家都是老实本分的人，从来没有和人结过冤仇，怎么会遇上这样可怕的事？”

报君知抬眼望着她，说：“符图术在施放的时候，施术者与受术者之间会有一定的联系，我们称之为符索。但小桉身上的这道符十分特别，符索是被切断的，这就导致无法寻索倒查。”

晋楠急得脸上冒出层层汗珠，大声道：“求您给想想办法，要怎么做才能救我儿子？再来这么一次，恐怕我儿子就要被摔死了！”

报君知沉吟道：“这次小桉受伤严重，估计那人也知道家人已经警醒，会日夜守护，下次不会再那么明目张胆地施术。而且小桉伤了腿骨，完全恢复至少也要三个月，他也不大好摆布，所以暂时算安全。”

说完这些，报君知神情淡然地起身：“世间的事情，只要发生，总会留下行迹。既然你找到了我，剩下的事情就交给我做吧。”

罗汉床上有个木枕匣，报君知从里面掏出一枚小小的纸符递给晋楠，道：“将这个给小桉贴身带着，如果再有异动，这道符会替他抵挡所受到的牵制，而我也会知道。”

晋楠走后，报君知取出一副红木签筒。那签筒看着年代久远，每一根签都已经被摩挲得光滑莹润。报君知闭目凝神片刻，从签筒中取出一根签来。

是第三十八卦，睽卦。

那根签原本无字，片刻后却隐约显现出一行小红字：“六五爻，悔亡、噬心、往何咎。”

报君知看着签轻声自语：“睽卦中六五爻是居于阳位的阴爻，居位不正当，为女子担当男人之责，强行与卦中的初九爻应和。初九虽是阳爻却呈孱弱孤立之势，而另一个阳爻九二，为陋巷遇险之象，且已经断绝生机……”

他眉头舒展开来，缓缓道：“带着幼子的单身妈妈，丈夫多年前意外身亡。”

厨房的砂锅里放着炖得烂烂的猪肚煲鸡，秦未艾将其整

个捞出，盛放在一个陶瓷大汤碗里，用一块长毛巾捏着碗的两边端出去放在餐桌上。佑远坐在餐桌前的一辆轮椅上，脸上满是烦闷，直到看见盛放着猪肚鸡的汤碗，烦闷的神情才减淡了几分。

“趁热吃，我这回塞了很多的糯米和红枣，猪肚子里面放的也不是鸡，而是只大肥乳鸽，最能促进伤口愈合了，”秦未艾笑意盈盈地将汤碗往儿子面前推，“伤筋动骨一百天，你好好休养，也要多吃这些汤汤水水进补，这样才不会落下毛病。”

佑远看见心爱的食物，心情愉悦起来，也不用筷子，大刺刺地直接用手扯开猪肚，掏出炖得软嫩的乳鸽，用手举着大口咬嚼起来。

秦未艾见儿子吃得香甜的样子，比自己吃还要开心，她挓挲着两手在一旁专注地盯着看。

佑远吃了一会儿，忽然似想起什么，有些疑惑地对母亲道：“妈，为什么这两次我会这么轻易地受伤？我爬攀岩墙的时候，明明都抓得很牢，落脚点也很稳当，怎么会凭空摔下来？”他低头看着自己裹着纱布的腿，“还有，既然都骨折了，您为什么不带我去医院，只是在家里涂涂药膏呢？我掀开纱布看了，一点儿也没破皮。这两次受伤，我都没有破皮，只是疼得厉害。”

他发愁地低语：“我伤得可真不是时候，就这么把少年登山协会的选拔给错过了，好可惜。”

秦未艾被儿子问得神情微露慌乱，强笑道：“你个小孩子家家的，怎么这么多问题。你还信不过妈妈啊？你姥爷家是祖传的正骨中医，妈妈的手法可是你姥爷亲自传授的，比外边那些半吊子大夫强多了。你的腿不过是骨折，绑正了再涂些药膏就没问题了，没破皮嘛……大概只是里面受伤了表面看不出吧。那个什么登山协会，错过就错过吧，选上了也是影响学习。”

她给儿子盛了一碗汤，摸摸儿子的头柔声道：“不过，这两次之后，你可知道厉害了吧，做危险的事情总会付出代价的。极限运动虽然很酷，但终归只是个爱好，我们犯不上为了一个爱好豁出命去，踏踏实实过日子多好……”

“不光是爱好，成为世界上最棒的极限运动员，是我的梦想。”佑远不满地打断母亲，“老师说过，应当守护自己的梦想。我不怕危险，也不会放弃的。今年错过了选拔，我明年还会请老师帮我报名的。”

这话多么熟悉，基因真是可怕，原来对冒险上瘾也是从骨子里带着来的。

佑远见母亲面露哀伤，沉默了好一会儿，他又低声道：“我知道您怕我像爸爸一样出意外，但我不是爸爸，我会特别

特别小心的。”

“可这世界上的意外，不是你小心就能躲避得了的！”秦未艾听儿子提起过世的丈夫，情绪一下子不受控制起来，“你爸爸当年就跟我保证过他一定会小心，一定不会出差错，他还说要一直陪我到老……可最后怎么样，还不是抛下咱们母子俩，让我们过这样的苦日子。”

佑远见母亲突然发火，委屈地抿起嘴唇，随后倔强地起身摇着轮椅离开了餐桌，回到自己房间，将房门重重关上了。

秦未艾望着紧闭的房门，眼前这失控的局面令她心里翻滚着强烈的不安。她闭上眼怔怔地站了好一会儿，终于好似下了什么决心般对着儿子的房门冷冷低语：“我的人生已经被摧毁过一次，绝不能再来第二次，我不能给意外留下一丁点儿的概率。”

此时外面下起了雨，急促的雨点敲打着玻璃，秦未艾觉得那些雨点好似都落在了她心上，她双手紧紧地抱住自己的肩头啜泣起来：“我也是个妈妈，也不愿意做这样狠心的事情，我也想慈悲一点，但是这世间可曾给过我什么慈悲？当年经历了那样残酷的事情，我一条命已经去掉了一半，如今连我剩下的这半条命也要给夺了去吗？连我这最后的一点希望都要弄灭了吗？”

她说着说着，复又愤怒起来，抬头望着儿子的房门恨恨道："看来这两次受伤，你根本就没有得到教训。既然你还不知道害怕，那么死亡总会让你知道什么是害怕了吧？"

晋楠的睡眠一向很浅，稍有声响便会被惊醒，所以自出事以来她便与小桉同睡，儿子若有什么异动，自己好及时处理。但这一晚的后半夜，她如同醉酒一般酣睡不醒……

直至耳边传来一阵强烈的嗡嗡声，她猛地睁开眼睛，发现原本被红绳拴挂在小桉颈上的符图竟然自己脱离了，正在她的耳边不断震动。她惊讶地坐起身，发现小桉睡得格外深沉，转头再看那符图，就如同被一只看不见的手拿捏着一般，飘飘悠悠地向着卫生间飞去。

晋楠按下心头的惶恐，紧跟着过去。符图飘到卫生间的洗脸池边，水龙头忽然自己开启，水哗哗地流了出来。符图在空中打开，一个人形纸片落在了湍急的水流中，小纸人如同活的一般眉眼俱全，趴在水流中竟开始大口喝水，边喝身形边涨大。也就几分钟的工夫，纸人已经有一米多高，它满足地拍拍自己的肚子，从洗脸池翻身跃下，就地一滚，竟然变成了与小桉一模一样的真人。

晋楠看得目瞪口呆，脑子里一片空白，以手掩口，防止自己叫出声来。此时纸人化成的小桉抬头望着她，发出与报君知一样的声音："不要害怕，这也是傀儡术的一种，唤作水傀

儡。施术人在召唤小桉，才会唤醒它，你现在给它穿上小桉的衣服，它自会出门去找那个人。”

水傀儡说完这话，顿了顿，似乎是想起了什么，又道：“对了，小桉身上的符图在催动时会令一定范围内的人陷入昏睡，用花椒水可以破解。而小桉自己在水傀儡活动的时候，会暂时沉睡。你们只要在旁边守护便可，不必担心。”

晋楠来到卧室，果然发现丈夫也昏睡不醒，她用尽力气摇晃，丈夫依旧鼾声如雷。她依言煮了些花椒水，用毛巾浸湿后为丈夫擦脸，丈夫这才清醒过来。

刚嘱咐完丈夫去看护儿子，便见已经穿好衣服的水傀儡走到了门口，如常人般开锁出门。她心中实在想知道儿子到底被何人操控，于是偷偷地尾随其后。

此时已是深夜，大街上四下无人。水傀儡步伐极快地沿着街心花园行走，晋楠与其隔开十米左右的距离，紧紧跟随。

水傀儡向南走了约一公里，来到一个废弃的游乐场门前。这个游乐场六年前因为租赁合同到期，之后没有再续约，因此关闭了。原本这里也是个坐标式的建筑，面积大、游乐设施又经常更新，所以营业的二十几年间一直游客不断、热闹非常，但自从关闭之后无人打理，如今已经成了个野草疯长的荒园。

那些大型游戏设备，都在很短的时间被拆卸殆尽，园中仅剩下一架巨大的摩天轮以及中心广场的一座攀岩墙。晋楠此时终于明白儿子口中那个杂草丛生的地方以及镶嵌着彩色石头的山是哪里了。

水傀儡走到铁门前，仿佛眼前毫无阻挡，径自穿了过去。晋楠紧跟着上前，只见两扇硕大的黑色铁门早已漆面斑驳，被几道手腕粗的铁链从上到下锁了个严实。门的下面有滑轨，推拉并不费力，晋楠试着去推了一下，然而使尽力气也只能推开两厘米左右的间隙，却牵动了门上的铁链，铁链撞击铁门，发出一阵哗啦哗啦的声响。

她慌乱地左右张望了一下，这才发现大门的西南墙边，有一扇被大片茑萝藤蔓缠绕遮挡住的小侧门。门是虚掩着的，一拉就开。晋楠进去之后，见水傀儡正沿着小湖旁的路径继续前行。

湖的四周茂盛地生长着一米高的芦苇，湖面上也被疯长的水葫芦所覆盖，油绿的叶片将整个湖面遮盖得严严实实，看上去十分压抑。

这晚的月亮圆且大，晋楠在月光下小心翼翼地跟着水傀儡一直往前走。不远处的摩天轮在月色中投下巨大的阴影，阴影下面就是中心广场上那座孤零零的巨大的攀岩墙。

攀岩墙下面站着一个瘦小的女人，齐肩的长发束成个马尾，相貌平平，神情却颇为凌厉。

水傀儡摇摇摆摆向着女人走过去，女人伸手摸摸它的头，转身指着后面的攀岩墙说了几句什么。水傀儡便走了过去，抚摸着墙上的五彩脚蹬，仰头看着墙的高度。

晋楠看着水傀儡迟疑地站在攀岩墙下一副胆怯的模样，心中忍不住赞叹报君知的术法卓绝。这水傀儡从模样到神情举止完全与自己的儿子一般无二，若不是刚才亲眼看见纸人吸水涨大又一路跟着它前来，她这个亲妈也无法分辨出这是一个假人。

秦未艾见水傀儡在墙下迟疑不动，于是凝神催动，约莫半分钟工夫，水傀儡终于开始手脚并用地向上攀登。

它越爬越高，越爬越快，渐渐离地面已经约有二十来米。此时它的垂直位置正对着一堆建筑垃圾，根根钢筋向上戳立，看着十分危险。

秦未艾看着水傀儡小心翼翼地步步向上，眼中忽然有些湿润，目光追着它的身影轻声道：“实在对不起你了，原本我也不想做这么残忍的事情，但是我的孩子太过固执，再这样下去，我一定会失去他的。你不要怕，这次也跟上两次一样，你身上只有伤，不会觉得疼痛。眼前的这段恐怖记忆与死亡的痛苦，都会由我的孩子去感受，你就像在睡梦中死去一样，平静而没有感觉。”

她缓和了一下情绪，对着那个还在高空找落脚点的身影伸出手低声道："就这样吧，训练结束了。这里一点儿都不高，放开你的手，跳下来。"

水傀儡回头望望她，听话地松开手，身体垂直落下，重重摔在下面的钢筋上，顿时被数根钢筋穿身而过。水傀儡满脸痛苦地全身抽搐了几下，便一动不动了。

虽然事先知道并非真人，但这一幕太过真实，看得晋楠几乎要大叫出声，心中想着若是自己没有找到报君知，那么此时落在钢筋上的便是真的小桉了，想到这里后怕得全身战栗。

秦末艾轻轻叹息走近查看，突然间她发出一声撕心裂肺般的惨烈叫声，直接扑到了水傀儡的身上："佑远……不……怎么是佑远……"哭了几声，她站起身有些恍惚地喃喃道，"这不可能，我明明把符下在了那个孩子身上……"

她快速从怀中掏出一把小刀、一道纸符和一个打火机，又散开自己的头发，以刀割断一缕，将头发与符纸同时点燃，火光中冲出一道火链，直冲着正北方向蹿去。

秦末艾见火链并未飞向钢筋上的水傀儡，顿时目瞪口呆。

此时月光下走来一人，长身玉立，双目炯炯，正是报君知。随着他一步步走近，那变为佑远样貌的水傀儡开始迅速缩小，身上不断地漏出水来，直至水流干净完全干瘪后，恢复成一个纸人。

秦末艾瞠目结舌地望着那插在钢筋上随风飘动的纸人，过

了好一会儿才回过神来。她擦干净脸上的泪水，咬牙切齿道：“原来是沧水符做的水傀儡，堪舆街紫微堂的人。”她歇斯底里地转头望着报君知大叫道，“你为什么将傀儡变成我儿子的样貌，让我心神慌乱，自毁符图！是你害我不仅失去术法之力，还要减寿十年，我不会善罢甘休的！”

报君知望着她冷冷道：“你既然说得出我的来历，那紫微堂是做什么的你比谁都清楚。我替换你的符图不假，那是因为你对常人施行傀儡术，妄图谋害无辜者性命，”他向着一旁的冬青从高声道：“你不必藏了，出来听听她到底是什么人，为什么要伤害你的儿子。”

晋楠依言走出来，站在报君知的身边，眼神冷冽地望着秦未艾。

报君知朗声道：“你的祖父原本是堪舆街里有名的风水师，他养育了五名子女，孙子孙女更是众多，最终却只有你一个人继承了他的天赋，所以从小对你寄予厚望，私下教授你只有取了戒牒的风水师才能修习的肉傀儡符。可惜你成年后来到堪舆街应试并未通过，你祖父大为失望，勒令你更加勤奋修习，准备数年后再去应试。可就在那时，你遇到了你爱的人，两情相悦，不久便结了婚。你渴望成为一个守着爱人过日子的主妇，因而放弃了当初要成为一个风水师的志向。

“你祖父因这事勃然大怒，将你在祖籍上销了名字，不许你再进家门。自此你丈夫成了你所有的感情寄托，成了你这世上唯一能依靠的人。可惜你丈夫的职业太过危险，每次外出训练比赛，都让你心惊肉跳、惴惴不安。你试图让他放弃理想，就像当初自己为爱放弃做个风水师一样，但是你丈夫并不愿意听从你的建议，成为一个安分守己朝九晚五的小职员，他无法舍弃他喜爱的事业。

“你没有办法改变他，无奈之下，便在他每次外出比赛时都悄悄跟随，以肉傀儡术暗中协助他，将他所有本会遭遇的失误与危险都转化到其他参赛队员的身上。你丈夫因此在历届比赛中无往而不利，屡屡挑战新难度也能毫发无损，可同时他也失去了对自己真实能力的判断。你丈夫每一次比赛和训练都会事先告知你，除了他出事那一次。那一次，他为了给你一个惊喜去挑战超过自己体能的山峰，而你的符图术导致他误认为自己完全可以应付将要遇到的一切危险，最终却是你的过度保护害了他。

“你一直怨恨命运不公，使你成为寡妇，其实你自己最清楚，你丈夫并非死于意外，而是死于你对他的爱。

“你今天所做的一切，正是在将之前发生在你丈夫身上的悲剧延续至你儿子的身上。因为惧怕儿子和他父亲当年一般死于意外，你极力阻止他学习攀岩，可是没有用。无奈之下你找到与他年龄相仿的小桉，将小桉变成你儿子的肉傀儡，再控制

小桉的行动令他在攀岩时受伤……你原以为儿子接收了受伤的记忆与痛楚，会心生惧怕，放弃冒险，谁知这两次受伤都并未让他退缩。所以今晚你孤注一掷想要了这孩子的性命，以死亡的恐惧去令你儿子改变主意。”

晋楠听到最后已经怒气冲天，她望着秦未艾，使劲儿压抑着想要扑上去痛打她的冲动。秦未艾的神情却渐渐恢复了平和，她一直怔怔地站着，如同一座雕塑。安静地听完报君知讲述这一切的起始缘由、前情后事，她既不反驳也不搭话，脸上的表情十分木然，毫无波动。

报君知冷冷地望着她，道：“肉傀儡术若不按照原本步骤消除，强行损毁，施术者遭反噬而减寿十年，且天赋全失，此生再也无法修习任何术法。这一切都因你妄用符术伤人害命而咎由自取，我念你还有幼子要抚养，今日小惩大诫。若今后你还不安分守己，我便将你交由七星五岳堂处置。”说完他将水傀儡收回，带着晋楠离开了。

走了几步，晋楠回头看着那月色里一动不动呆立着的瘦弱女人，忍不住停下脚步。她对着秦未艾大声喊道：“你完全不知道什么叫爱，你只是将他们放在你能够控制的范围里，根本不愿意去尊重他们的意愿，更不用说去体会其他无辜受害者的心情了。你的坎坷人生难道不该归咎于你的自私狠毒吗？就算我可以原谅你对我孩子做的事情，但是你的所作所为，你自己的良心能过得去吗？”

两人的身影渐渐消失在公园小径的深处。

秦未艾如同与这个世界隔绝了一般，始终站在原地一动不动。她紧紧闭着眼睛，良久良久，眼角的泪水簌簌落下。

尽时信

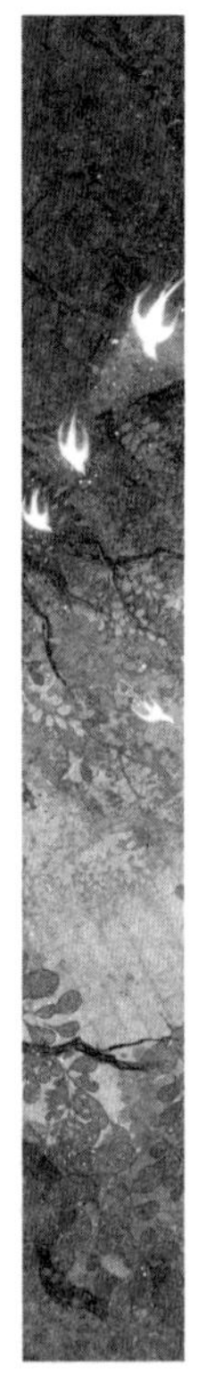

房子很偏僻，在茂盛的落叶乔木林深处，四周空荡荡的没人烟。已经是初冬的季节，枯黄的水曲柳叶子全落了，在地上铺了厚厚一层。

天色已近黄昏，沈元初走在房子前的小路上。他望着没有围墙的青砖小楼，想着，真奇怪，把房子盖在景色如此萧瑟的地方，门前还对着条夕阳道，就像是早知道有不好的事情要在里面发生一样。

白萍站在小楼门口迎接。她还是以前的穿衣风格，不染不烫的长直发，毛呢细格背带裙配玛丽珍鞋，模样也和三年前两人分手时没多大变化。

白萍看到沈元初时，脸上神情顿显轻

松。她引着他进门，动作间透着亲近，但亲近中又有些小心翼翼。她为他开门，给他递拖鞋，拉他走楼梯，手刻意地去碰他的手，可很快又闪开，像是忍不住示好，又怕惹他心烦。

拿拖鞋时，沈元初闻到白萍手上的香水味，她还是喜欢在手腕的脉搏处喷香水，还是甜甜的“可可小姐”。沈元初记得刚交往时，自己曾送过她这么一瓶，那时他们天天见面，白萍便天天喷着“可可小姐”。

但是，沈元初现在不喜欢这个味道，就像不再喜欢白萍一样。三年前那件事发生之后，他就对这两样都产生了厌恶。

他今天之所以还会过来，是因为听出白萍在电话里近乎崩溃的情绪：“元初，我没有别的可以依靠的人了，你帮帮我吧，发生的事情太诡异了，我好害怕。”

宽敞的主卧里，白萍的父亲躺在橡木床上，余晖透过窗棂，照着老人憔悴的脸和失神的眼睛。

“半个月前，我父亲突然就变成了这样子。去医院把该做的检查都做了，结果都正常，但就是这么不说不动，叫他也不理，像听不见一样。而且，这两天的情况更不好了……”白萍担忧地望着父亲。

沈元初是内科医生，也做过药剂师。他问了症状，又看了白父日常服用的药品，并没有异常。

“怎么个更不好法？”他一边查看白父的状态一边问，

“还有，你电话里说的诡异是什么意思？”

白萍神情十分迷茫，似乎不知道该怎么讲述，她的声音发颤：“要不……我们先下楼吃饭，边吃边说。”

天很快黑了下来，白萍煎了两块冻肋排，烤了几个芝士土豆，又切了一个奶酪拼盘，上面放了些碱水面包。她抱歉地轻声道：“昨晚，做饭的阿姨被吓跑了……咱们，就这样将就吃点吧。”

餐厅的窗户敞着，微凉的风鼓动着纱帘。白萍不安地望了望窗外，颤声道：“元初，你相信人死了之后，会有魂魄吗？”

“嗯？”

白萍轻轻喘息道：“待会儿发生的事情可能有些吓人。”

“你说清楚点。”从见面开始，这白萍说话就怪里怪气的，此刻，沈元初忍不住审视她。

白萍踌躇道：“念白说不必向你多说，说了你心中有顾忌，会损了气势，就不能起到作用了。”

“念白是谁？我有什么作用？”

见沈元初神情戒备，白萍赶紧道：“我平常总去的那间咖啡馆，那儿的老板叫余念白，以前是个风水师。咱们刚分手那阵子我总失眠，就在他那里买了些助眠的香蜡，之后就真的睡得很好。

“这次我爸的病来得蹊跷，我实在没办法了，就想到了他。前几天我去找他求助，他听完就来看了我爸。”白萍讲到这里停了下来。

沈元初问：“他怎么说的？”

“我知道这对你来说不大容易相信……他说，有个亡故的人留了阴信给我父亲，因为这信带着逝者的怨念，但多年来一直没有被收取，所以那个魂魄不肯离开。

“现在他去取这封信了，估计晚一点就会赶过来……”

沈元初嗤笑：“你是急糊涂了吗？我们可都是学医的，有病治病，找这些心理安慰有什么意义？”他站起身，道，“我已经看过了，伯父的身体暂时没有大碍，明天还是送他去住院吧，做更深入的检查，总会找到原因的。还有……”他皱眉望着白萍，“你去心理科找同事做个焦虑测试，需要的话，吃点药物缓解一下。”说完便向门口走去。

“等等！”白萍顿时急了，她跳起来拦住沈元初的去路，满脸祈求，“元初，你先别走！余念白说，今晚很关键，让我在他回来之前务必找个男性朋友来这里陪着我。男女结伴是最简单的阴阳阵，应付这种阴信的搅扰足够了……你什么都不用做，你只要在这里就可以。”

沈元初感觉她简直不可理喻，不耐烦道：“我已经尽了朋友的责任，现在没时间看你找人跳大神。”

“元初……”白萍急得想哭。

两人说话间，楼上突然传来白父的一声惊叫，那嗓音极其尖厉，竟不像是人类能发出的声音。

沈元初与白萍都是一惊。白萍惶恐得声音发颤：“他又开始了。”说完转身向楼上奔去。

沈元初迟疑片刻，也跟了上去。

卧室里只开着一盏昏黄的台灯。原本躺在床上的白父，此刻正穿着单薄的睡衣，站在西侧阳台栏杆边上。听见两人进房，白父转回头，眼神空洞洞的。

白萍紧张地看着父亲，不知为何不敢上前。

白父站在月光里，身上覆着一层灰蒙蒙的如尘埃般的东西，口中发出女子的啜泣声，声音凄惨诡异，令人闻之恶寒。

突然，他注意到了沈元初，神情凶狠起来，身上那层如尘如雾的东西，化为灰色旋风朝着沈元初直冲过来。

沈元初哪里见过这样的场景，大骇之下仓促向后退，冷不防撞上了后面的挂衣架，连人带衣架都倒在地上。

就在那旋风要触碰到沈元初身体时，突然，一个小小的黑影自沈元初身后骤然而起，迎着旋风撞了过去。那旋风似乎有所畏惧，先向后躲了躲，但少顷，旋风突然又鼓得巨大，直向那小黑影覆盖而来——

便在此时，一道耀眼的白光闪过，小黑影的四周出现了一道白色的伞状屏障。灰色旋风碰到那光伞，发出尖厉的惨叫，就像一条被放入煎锅的活鱼，翻滚着弹跳开。但只片刻，它又重新向离得最近的沈元初扑了过去。

沈元初大惊失色，连起身逃走都来不及。就在愣怔的片刻，他突然闻到一股淡淡的紫藤花香，然后眼前一暗，有个人闪身挡在了他的前面。

旋风刚扑在那人近前，便如同碰到了什么屏障似的东西一般，丁点儿声音都没发出就被激荡得散开了。

这一切发生得太快，白萍与沈元初甚至都没来得及看清全过程，但他们都看清了突然出现在屋中的那个人。

那是个高身量的年轻男子，穿一件卡其色双排扣修身短风衣，黑色窄脚裤，褐色皮鞋，柔软茂密的微卷黑发，皮肤像羊脂白玉般光洁无瑕。他容颜极为俊美，尤其一双眼眸炯炯有神，如同暗夜中的星辰。

白萍晃过神来，不觉惊诧道："你……你是？"

年轻男子淡淡道："我姓报。念白今晚有点急事，托我先过来帮你。"

白萍见他不过二十出头，身形也不甚强壮，十分迟疑："报先生，那念白办完事还能来吗？就你一个人，我怕一会儿……"

报君知抿嘴，好脾气地缓缓道："就我一个人，应该也是

可以的。”

说话间，沈元初已经站了起来。报君知挥手收了小黑影上的光伞，对着那黑影露出个微笑：“小东西。”那小黑影颤抖了几下，退回到沈元初脚边消失不见。

沈元初惊魂未定，面色惨白地查看四周，喘息道：“刚才都是些什么东西？”

报君知沉声道：“说起来有些复杂。人这一生，命有尽时，但意无终极。有些逝者在离世时仓促，还有重要的事未做，重要的话未说，魂魄便会生出无终意，在对自己有特殊意义的地方，给亲友留下信息。这在人生尽头发出的信息，叫作尽时信。

“当尽时信长久未被收取，逝者的魂魄便会滞留不散，徘徊在收信人的身边，时间或长或短。一般情况下，对于收信人来说并无妨碍，甚至多少还有些护佑的作用。”

白萍插嘴：“那我父亲遇到的呢？”

“你父亲遇到的是极端情况。另一些逝者经历凄惨，未得善终，便把对自己死亡负有责任的人当作收信人。因为心有不甘，而生出浓重怨气，这样的信息，多半会攻击干扰到收信人。”

白萍与沈元初面面相觑：“那要怎么做？”

报君知淡淡道：“信还是要收的。一般收信人认了错，并按照逝者的意愿做出补偿，逝者的无终意能够消除，这事就算完结。”

白萍担忧道：“如果这样做了还不能完结呢？”

报君知转身望望白父：“那就由我来帮着完结。上次念白来的时候，找到了你父亲尽时信的位置，我来之前已经取到了。”他双手相握，沉声道，“你们若想回避，现在就下楼。如果想看着，那就后退三米。”

白萍与沈元初不约而同地离开三米远。

此时那团灰雾重新聚拢，便如雨衣般覆盖在白父身上。白父立时改了神情，戒备地望着报君知，报君知却自顾自地向着阳台走去。白萍见状紧张得用手捂住嘴，身体依偎向沈元初。

报君知背靠着仅一米多高的围栏，神情中带着些挑衅，向白父招招手。

白父望望报君知，又望望报君知身后苍茫的夜色，似是权衡了一下，忽然间面露狰狞，低吼一声向着他猛冲了过去，想将他扑出围栏。

报君知站定不躲，待其冲到近前，突然侧身闪过他的冲撞，白父来不及收步，直向着阳台外摔去。眼看着他大部分身体已经倾出，电光石火间，报君知伸出左手将他右手握住，瞬间将他拉回。接着报君知右手掐诀，向着白父胸口轻巧地一拍。

就这么错身一拍的工夫，一道小小的荧光自报君知手腕处亮起，疾速撞入了白父的身体。

白父踉跄着退回屋中，身上的灰雾瞬间四散开来，此时屋中那盏昏黄的台灯突然爆裂。

白父身上却隐隐亮起报君知拍入他身体的荧光。荧光之下，白父面前那被拍散的灰雾缓缓聚拢成一个中年女子的身形，她抬起头满面悲伤地望着白父，一边哀哀哭泣一边说着什么。

那些话说得悄无声息，白萍与沈元初都听不到，但明显白父是可以听到的。他先是惊诧，继而悲痛，随后身体微微战栗，竟至跌坐在地上。

女子说了很多话，白父听得泪流满面，大声承诺：“我会去做，我都会去做的。”

良久，女子脸上的悲伤散去，用手轻轻抚摸白父的面颊，身形轰然溃散。

报君知此时轻叹道：“最初以为是良缘，谁知失信落亏欠。一人想遮掩，一人想清算。人世间啊，就这些情情爱爱最闹腾。”

事情解决之后，沈元初送报君知下楼。

报君知走在前面，忽然道：“刚才有个黑影现身护你，你看到了吗？”

"看到了。"

报君知望着沈元初轻笑："这黑影跟着你，是因为你也有一封尽时信没有收取。"

沈元初惊得停住了脚步，怔怔道："我也有？是什么人留下的？"

报君知并未回答，却转言道："附在这信上的神识很弱，这封信几天后就会消散。既然遇见了，也是有缘，现在时间有点晚了，明天一早，你来花枝街128号找我，我带你去收信。"他说完匆匆离开了。

沈元初站在楼梯上愣了好一会儿，直到白萍安顿好父亲，跑下楼来。

"元初，你等一下，我有几句心里话和你说。你今天能来帮我，我就知道你对我还有感情，咱们能不能……"

沈元初不假思索道："不能。"

白萍黯然："你考虑都不考虑就回绝我？"

"不用考虑，我们对这个世界的认知不同。"

"可是……"白萍眼中泛起泪水，"当年你说，我是像可可小姐一样甜美的女孩，和你是一个思维体系的，是这个世界上最适合你的女人。"

"可可小姐。"沈元初嗤笑，"在小品出事前，我的确是这样想的。"

“小品！小品只是一条狗。”

沈元初望着不甘的白萍：“我说了，我们对这个世界的认知不同，包括对承诺的理解。”

四年前，医科研究生毕业的沈元初，被老城一家出名的三甲医院录取，白萍与他是同一拨新人。沈元初学的是临床医学，白萍学的是营养学。

两人互生好感，不久便成了情侣，甜甜蜜蜜地交往了半年。就在同事们都认为他们好事将近的时候，沈元初却突然提出了分手，更令人意外的是，之后他便辞职离开了这家待遇优厚的医院。

而他们分手的原因，是因为一条狗。

在那之前，他们俩都觉得对方是自己相伴终生的不二人选，婚期商量好了，沈元初父母给他买的新房正好可以作为婚房，装修也提上了日程……有一天，沈元初突然提出要收养医院生物研究室里一只做实验用的小狗。

白萍其实不喜欢小动物，但见沈元初说得恳切，她不想为这件事破坏两人的感情，于是她口头答应了，心里却一直琢磨着找机会打消沈元初的念头。

机会很快就来了。

沈元初刚填好收养的申请表格，就被医院派到郊区出差一天。临走前他特意嘱咐白萍替他完成后续的领养程序。

一天后沈元初回来，却得知小品已经在实验中死亡了。白萍连连道歉，说自己太忙，所以小品的领养手续还没有办完，谁知就在这拖延的一天里，小品被送去做了实验。

她带着歉意对沈元初道："不过是一只狗，就算了吧。"

然而，沈元初的惊痛完全超出了她的意料。几天后沈元初突然向她提出分手，不久后便辞职离开了医院。

直到今时今日，白萍依旧不能理解沈元初当时的决定。

她看着沈元初："不过是一条狗……当年因我小小的疏忽，你竟就狠心地舍弃我们之间的感情而去。难道，我在你心里还没有一条狗重要？再说，小品是实验动物，它原本就是要这样死去的。"

"小小的疏忽？"沈元初望着她，眼神有些冷漠，"当年我回来之后，在小品的项圈上闻到了'可可小姐'的味道……时至今日，你还是很喜欢把香水重重地喷在手腕上。"他不再看白萍，"实验室的同事也证实了，那天用来做实验的原本不是小品，是有人涂改了试验单，将编码换成了小品的。"

白萍面色发白，她默了默，并未否认："原来，这才是你当年和我分手的原因。"

"我说了……"沈元初冷冷道，"我们对承诺的理解不同。"

第二天一早，沈元初请好假便直接赶往花枝街。经过了昨晚亲眼目睹的异象，此刻墙上凭空显现出来的128号大门已经不会让他大惊失色。

他叩响那扇红漆大门上的铜制门环。大门应声而开，门内是个精致的四合院落，沈元初缓步走过了影壁墙，便见到院子中一个硕大而茂盛的紫藤花架，花架下站着昨晚见到的报君知。

此时报君知上身穿着宽松的白色丝绸衬衫，衬衫上镶着透亮的碧玉纽扣，配着一条黑色猫抓痕牛仔裤，这身装扮令他比昨晚显得和蔼不少。

“准备好去收信了？”报君知淡然地望着他。

“其实……”沈元初低头道，“还没有。”他有些迟疑，“我想问问您，给我留尽时信的，是人吗？”

报君知看着他：“不是，是一只狗。”

沈元初露出了难以置信的神情，还掺杂着些许的欣喜：“如果来得及，我想先告诉您，我和这条狗之间的事情，可以吗？”

报君知微笑：“那坐着聊。喝什么茶？”

沈元初在紫藤花架下的木椅上缓和了好一会儿，才开始讲述。

四年前，沈元初住在教研楼顶楼的单人宿舍里。他宿舍旁边是医院的生物研究室，里面关着一些做实验用的动物，大部分是白鼠、豚鼠和兔子，还有几缸鱼和四只狗。

沈元初喜欢小动物，平时又没什么交际，所以主动向院领导申请饲养实验室的小动物。

那时沈元初对于“实验动物”这四个字还没有什么特别的概念，所以第一次去由值班医生带领着喂食，就受到了点惊吓。

实验室是间约五十平方米的正方形房子，因为怕动物受到惊扰，只开了一个东向的小窗户，几只狗笼并排放在进门的地方。值班医生打开门带着沈元初走进去的时候，几只身形巨大的圣伯纳犬在笼子里左冲右撞发出声嘶力竭的吠叫。

值班医生抄起已经被咬得坑坑洼洼的木棍使劲儿地捅进笼子，那些狗却毫不畏惧地争相咬住。它们眼光凶狠地盯着二人，从喉咙里发出带着痰音的呼呼声。

值班医生轻笑道：“它们是怕咱们又牵它们去做实验。原来这屋子里养着三十多条狗，这几年因为实验消耗，就剩下这四条了。大约是总看到同伴被牵走后不再回来，它们自己也吃过几次开刀的苦楚，现在都神经紧张了。”

沈元初看着值班医生一脸无所谓的样子，心里忍不住有点感伤，这些生物都是用生命为人类医学研究做贡献啊！

他望着那些近乎歇斯底里的狗，生存的空间已经只剩下这

样一个小小的铁笼。活着变得如此卑微，但它们还是用尽全力去捍卫自己生存的权利。

沈元初靠近笼子，有些同情地望着里面的狗，冷不防被其中一只黑色的圣伯纳犬叼住了衣角，拼命撕扯。值班医生似乎早已见惯，并不惊慌，当即大喝着用棍子使劲儿地敲打狗笼，那狗才将沈元初的衣角松开。

猝不及防忙着闪躲的沈元初，接连后退几步撞到身后的笼子上，那只圣伯纳犬犹自双目圆睁地对着他狂吠，口角流下涎水。

沈元初的手撑着后面的笼子，惊魂未定，大口喘息，忽然间手上一凉，他惊跳起来悚然回头，却发现身后的笼子里伸出一个湿漉漉的小黑鼻子。他低头细看，里面有一只白色的小萨摩耶正睁着乌溜溜的眼睛望着他。沈元初松了口气，哑然失笑。

据值班医生讲，这只萨摩耶因为才来不久，从未吃过实验手术的苦头，所以对人仍十分亲近友好。

沈元初也格外喜欢这条蠢萌的小狗。自那以后，他没事就经常牵着那只萨摩耶出去遛。因为它后背上有个近似于品字的斑点，他便给它起名叫作“小品”。喂给它的食物，也都是他自己掏钱买的宠物食品，每到周末还会额外给它一个肉罐头，当加餐。

那年的六一儿童节，沈元初还特地买了个棒球送给小品。

他把棒球从喂食孔递给小品的时候，小品忽然一顿，怔怔地望着他，过了好一会儿才迟疑地用牙咬住球接了过去。

一个玩具！实验室里其他的狗看着小品拥有了一个属于自己的棒球似乎都有点愣怔。这种赠予仿佛是一个仪式，在动物的眼中，近乎一种认主的契约。

小品叼着球，黑眼睛从未这么明亮过。因为叼着球没办法发出叫声，它在笼子里兴奋地不停用双脚跺地，表达它的快乐。

这棒球自此以后便成了小品的爱物，在笼子里趴着时，它都是将球放在两只爪子之间。每次沈元初带它出去遛弯，小品都不忘叼着球出去，沈元初会在草坪上跟它扔球玩儿。回来的时候小品也从来不忘记带球回来，除了沈元初，它不允许任何人动那个球。

小品的性子温顺友好，但偶尔也会闹闹小脾气。大约是从早到晚被关在笼子里实在太寂寞了，它特别珍惜每天傍晚沈元初带它出去遛弯的时间，如果沈元初哪天失约，小品便会趴在笼子里对他的呼唤不理不睬。

沈元初对它这点小脾气也是啼笑皆非，所以每次便又揉头又挠肚肚地哄半天，直到把它哄舒服了，小品才会将它最爱的棒球放在沈元初的手里，然后用鼻子拱拱沈元初的手，恢复快

乐的样子。每当此时，沈元初的心都会软得一塌糊涂。

那个阶段，沈元初已经有了想将小品带离实验室的意思，但真正让他下定决心的是后来发生的一件事。

那天他照例牵小品出去玩，路过其他的狗笼时，有只一直非常暴躁的圣伯纳犬不知怎么将笼门的插销弄开了，硕大的一只狗一下子冲着沈元初扑了过来。沈元初的脑子当时一片空白，惊愕之下连躲闪都忘了。

就在那只圣伯纳犬龇着牙要朝沈元初的手臂咬下去时，小品猛地从旁边扑了过来，挡住了这猝不及防的袭击。

沈元初从来没有看过小品露出过这种凶态，它几乎是不要命地和圣伯纳犬撕咬在了一起。

几秒之后沈元初才反应过来，赶紧抄起笼子边的木棒，将圣伯纳逼回了笼子。

那次舍命的救护，让小品的后背缝了十几针。沈元初也顾不得什么规定了，他将小品带回自己的宿舍，好生照顾，顿顿吃的都是最好的狗罐头……就这样小品也躺了十来天才活动如常。

从小品拼命扑上去救他的一刻起，这只小狗在沈元初的心里就有了不一样的分量。在他心里，小品不再是一只普通的小狗，而是他未来生活的一部分。

然而，员工宿舍是不允许养狗的。正好当时他父母考虑到他到了适婚年龄，便凑钱为他买了套房，这样一来，小品也能有个安乐窝了。他于是跟院领导提出了领养小品的申请，领导同意了，但按照院里的规定，实验动物要度过四个月的药物阻断期，才可以领养。

在沈元初看来，此事尘埃落定，剩下的只是等待而已。

再带小品出去遛的时候，沈元初抱着小品的头正色道："小品，你永远都不用再害怕了。过几个月，我就要带你离开那个破笼子，你以后就可以随心所欲地晒太阳，在草地上奔跑，还可以住在我们的家里，你的余生都会快乐地活着！"

那一刻，小品好像听懂了似的，兴奋地绕着沈元初一直打转儿，不停地把球放到沈元初的手上，湿漉漉的小鼻子一下下地触碰着沈元初的手腕……

沈元初的讲述到这里戛然而止。他将茶杯里的茶一饮而尽，待情绪稍稍平复，才接着往下讲。

但那之后，沈元初开始与白萍交往，热恋的小情侣恨不得整日黏在一起，沈元初每天遛小品的时间自然变少了。沈元初至今也忘不了，每次小品看见自己去喂食，兴奋地将棒球交到他手上，他却因时间问题不得不狠心推开时，那双黑亮眼睛里的光一下子暗淡下去的情景。

几个月之后，沈元初与白萍的感情已经相当稳定，进入了谈婚论嫁的阶段。沈元初向白萍提出收养小品的事，白萍也同

意了，同时，实验室规定的药物阻断期也到了。

沈元初兴致勃勃地在网上买好了狗窝、自动喂食器、进口狗粮和各种狗玩具，只是每次去喂食依旧是来去匆匆，压根儿没时间顾及小品当时所流露出的焦虑不安。他想，不要紧，等忙过这阵子，我有很多的时间补偿你，我很快就可以给你一个永远的家。

但是没来得及，再也来不及了，就在他准备接小品离开的前一天，小品被带去做组合麻药耐受实验，没能再回来。

小品的尸体被当作医疗垃圾焚化了。等沈元初出差回来，留给他的只有一条小品的牵引绳，那上面残留着“可可小姐”香水的味道。

沈元初抓着做实验的医生声音哽咽地问，那药打进身体里痛不痛苦；小品死的时候，有没有受折磨……医生被他悲愤的样子吓坏了，一连声地向他保证是由昏迷直接到窒息，没有任何痛苦。

这个回答并不能令沈元初好受些。他脑海中总是浮现小品那双湿漉漉的眼睛，总觉得它就在一片虚无中呆滞地望着自己，眼里充满了委屈和失望。

更让他无法接受的是，他一直以为善良美好的未婚妻，与小品的死有脱不开的干系……

沈元初感觉内心有一块地方坍塌了。他无法继续待在这个到处都留有他和小品往昔回忆的地方，更无法面对那熟悉又陌生的未婚妻。不久后，他和白萍提出了分手，也毅然决然地辞了职。

后来的很长一段时间里，沈元初抑郁到极点，他用以前学过的心理学知识去开解自己，但是收效甚微。他佯装自己的生活没有因为小品的离去而受到太大冲击，他会因为美食而快乐，会因为称赞而欣喜，也会因为工作中的成绩而得意，甚至会在休息日因为睡了一个懒觉而满足……但是所有这些好的感受都会因为脑海中突然出现一双湿漉漉的黑眼睛戛然而止。

那双湿漉漉的眼睛在黑暗中闪着哀伤的光芒，刺痛了沈元初的心。你的承诺，它都听懂了的，它也相信了，它相信你能带它脱离苦楚之地，远离那些它无法预料的折磨，也许皮肉的伤害令它痛苦，而你的失信却令它绝望，天知道它在生命终结的时刻，心里所承受的是什么。

他无数次告诉自己别再去解读小品的心理，可思维总是无法控制，这似乎成了一种自虐。这种痛苦唯一的好处是每次当他经受了一番精神折磨之后，心中的负重就会稍稍减轻一阵子。时间长了他便将这当成了自己罪有应得的惩罚，从容受之了。

沈元初将这段经历讲完，眼中已经带了泪光。他望着报君知轻声道：“我知道，小品留下的一定是谴责我的信，”他长

长叹息道，“但我，还是想知道。”

报君知望着他：“我倒不是这样想。如果是那样，昨晚它就不会冲出来护住你。但是，我觉得它肯定有什么重要的话想告诉你。”

小品留下的尽时信，就在当年那家医院的动物实验室里。

沈元初与报君知回到那家医院时，才发现当初的动物实验室如今已改为杂物房。那个楼层的负责医生和沈元初是同一批入院的，也还记得当时小品的事，便把杂物房的钥匙给了他，同意他去那间屋子看看。

房门打开，屋子窗户紧闭，空气中满是陈旧家具的气味。报君知让沈元初独自进去，自己站在门口等待。

沈元初站在杂物间的门口深深吸气，心情十分复杂。他打开灯环视着屋子里堆放得杂乱无章的桌椅板凳，良久，终于在房间最里面看见了那个曾经关着小品的笼子。

他缓了好一会儿，才走过去，手抚在笼子上轻声道：“小品，我来了，你想告诉我什么？”

屋子里依旧一片寂静，沈元初就这样静静地站着，耐心等待。不知过了多久，突然，角落里一阵簌簌抖动，一个灰黑色的东西缓缓滚了出来。沈元初仔细一看，惊得后退两步——那是一只落满了尘土的旧棒球。沈元初震惊到无以复加。

那只棒球慢慢向前滚动，一直滚到沈元初的脚边，然后悠悠升起到三尺高的地方，稳稳地悬在那里一动不动。

三尺高，那是小品的身高。沈元初以前为了要给小品买件小雨衣，特意量过。

他此时心神激荡，缓缓蹲下身子，手心向上，向着棒球试探地伸了过去。那只棒球原本一直稳稳地悬在空中不动，却在沈元初的手伸到近前时，轻轻地落在了他的掌心。

沈元初的心脏猛地一收缩，犹如被一个大浪迎面拍击在身上。他难以置信地瞪大双眼，呆呆地望着掌中的棒球。刚刚，就在球落在他掌心的那一刻，他分明感觉到一个湿漉漉的小鼻子在他的手指间拱了一下，轻柔地，带着些讨好与亲昵。

他的眼泪瞬间夺眶而出，一滴滴落在棒球上面……他闭上眼，紧握着球，忍不住哽咽失声。

报君知在沈元初进入房间之前，曾告诉他："无法言语的魂魄如果有话想告诉阳间的生者，多半会以一些双方都能明白的信号作为沟通方式。"

而这正是属于他与小品之间独有的信号，它的意思是：我，原谅你了。

欲生香

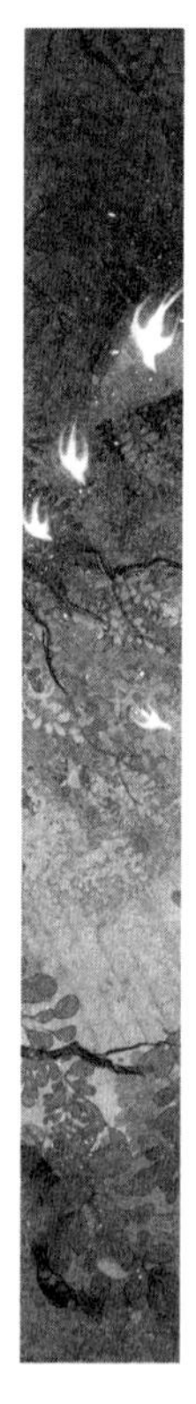

花枝街128号的门环特别精致漂亮，式样与众不同，为丹漆金钉螺蚌形铜环，环的四周还极其精细地雕刻着四季花朵的图案，叩起来声音清脆，悠扬悦耳，隐约还有海浪的声响。所以每次只要128号露出门户，便会有游人因为好奇停在门口抚弄门环，那声响忽大忽小，间或不断。

念白来的时候，正看见这样的场景。他忙不迭地上前劝开围观的游客，等人群散去，他才闪身进入院中，关好大门。

此时的报君知正半靠在院子里的罗汉床上喝茶，念白见了他，调笑道：“怎么了这是，您这儿最近每天门庭若市的，好热闹啊！”回身又望了望，道，“院门口那丛天宝兰怎么都秃了？”

报君知手抚额头缓缓道：“这院子年头太久了，坏了好几处，禁护也出了问题。这门最近热情得不像样子，经常悄无声息地自行敞开，跟要迎客似的。”他叹息，“前两天有几个孩子路过，门开着，那兰花又开得好看……”

念白忍着笑：“可怎么得了，怪不得您急着招呼我过来。这就给您瞧瞧都用什么材料修补修补吧。”

报君知站在院中，以术法之力将几处破损的地方显现出来，少顷，只见院中的景物都渐渐隐去，整个院落的基底框架清晰可见。念白一边看一边露出些景仰的神情来，低声道：“老师祖真是厉害，弄了多少稀奇古怪的东西和机巧在这里面！”他瞠目地缓缓环顾，“十梁稳八座，三门合九星，所用之土为若土、息土、墟土三种混合，院子中空填充永不干涸的轻辛水，如同血液循环于院落四方。禁护是随着建筑一点点做起的，严丝合缝，滴水不漏，所以关上门便自成天地。这简直是奇门术与堪舆术的立体教科书，这座屋扔在海上，怕是连海风暴都抗得过去。”

报君知面沉似水：“干正事儿，把要用的材料清点给我。”

念白点头称是，重又细细看去，良久朗声报来：“正房地下损了一根底梁，左右厢房各有三处小塌陷，其他地方的小损

毁都没伤到筋骨。这院中原住的精怪前辈们已经将那些小损坏修补得七七八八了，只剩下这几个要紧之处。”

他踌躇了一下，道：“这个厢房的塌陷嘛，用勾陈锁锁住，再以移位胶粘牢就能修复如初，那些东西我手里数量不少，完全可以应付。麻烦的是这正房的地梁，老师祖修建此院子时用的是一色的空影木，这木头中空有孔，轻盈若鹅毛，质地却极其坚韧，可弯可折、金石不惧，按照阴阳阵的构建方法，还可辅助院落隐形，是遁匿这院子的关键。如今正是因为空影木折了一根，所以才导致院子忽隐忽现，无法控制。”

报君知皱眉：“这种树百来年前就绝迹了，一时半会儿上哪儿找？”

念白一向擅长寻找稀奇灵物，听这话就知道这差事自己是躲不了了，若不主动请缨，就是个态度问题，恐怕后面被指使下来的事更多，当即高声道：“您的事儿就是我的事儿，何况这房子还是咱们师门的古董，干脆我散出一半竹枝人出去帮着寻……您也知道，最近我店里特别忙。”他讨好地望着报君知，“可我就是豁出去，冒着人少了服务不周、得罪客人的风险也必须要给您效力的。”

报君知沉吟道：“这个季节你那里座无虚席，让你散出一半人去找，我觉得不大妥当……”念白听报君知说出这话，一颗心终于放回肚子里，想着总算能应付过去了，于是干脆摆出一脸仗义之色佯装大方道："没什么不妥的，就是关门歇业，让所有竹枝人都出去找，那也是应该的。"

啪！突然一只手落在他的肩头，他吓了一跳，抬头见报君知望着自己笑得十分愉快："难得你有这番心意，我要是不答应倒显得见外了。那就这么着，你明天就关门歇业，带着所有竹枝人去找空影木。"他站起身，回到罗汉床上拿起书悠悠道，"终归找东西也是你最在行。"

念白愣怔在原地，过了一会儿才讪笑着叹息道："您这心眼儿，抽空也传授传授我才好。"

次日，念白便出发了。然而一个月过去了，他却如一滴水融进海里，全无消息。

酸枝木老板台上摞着厚厚的待签文件，两名秘书在一旁正襟而立。老穆缓缓查阅着文件，忽然心中涌上一丝难以言喻的烦躁。

他深吸了一口气，想将这情绪往下压一压，烦恶却如嗝逆一般顶得他无法平静。他将笔扔在桌子上，走到那扇能俯瞰半个城市景色的大落地飘窗前，大口地喘息，过了一会儿他低吼道："我过得根本不像一个活人。"

两名秘书被这句没头没尾的话吓得一颤，面面相觑，谁也不敢出声。

老穆挥手将秘书赶出了房间，一个人呆坐在沙发上。

七十岁的生日才刚过去，忽然一切就都不一样了，他发现自己对什么都提不起兴趣。他吃得起这世界上任何昂贵的美食，可以像买衣服一样随手买下一栋豪宅；身边各色女人争先恐后地自荐枕席，以与他春风一度为傲；他资产的增长速度经常超过他的心理预期……但是这些再也不能令他开心，他心里像是突然空了好大一块，身体里的欲望全都消失无踪。如今他站在这烟火红尘的最顶端，灵魂却迟钝得似锈住，对一切都失去了渴求。

望着眼前喧闹繁华的世界，老穆感觉自己像个被驱逐出游戏的旁观者，惶惑沮丧到无以复加。

老穆常去的那间富豪会所，最近小半年一直流传着一个关于“流香池”的传说。原本老穆对这种匪夷所思的事情不以为然。活到这把岁数，又熬到这副身家，隔三岔五就会有人带着或奇异或感人的故事找上门，想要换取他真金白银的资助，他早已见怪不怪。况且，他的心智也绝对不允许他相信这种超越自然的事情。但当多年的合作伙伴神情郑重地将那张散发着异香的名片递过来时，出于礼貌，他还是放进了兜里。

这事之后就被他忘了个干净，直到有一天的深夜，独酌微醉的他意外地接到了一通陌生来电。

听声音来电者是一个年轻女人，语调里带着无法言喻的诱惑：“你以为，你的欲念都死了、都消散了吗？其实它们只是躲起来了，在你的身体里埋得很深。年轻时你长年累月的克制，如同在上面一层层覆盖泥土，它们都被压抑得不成样子，失去了原本的蓬勃，渐渐地连你自己都觉得它们死了、消失了，但事实上它们只是蛰伏起来了。

“每个你熟睡的夜晚，它们都会在你的身体里苏醒，在你的四肢百骸里任意流动，支配着你最深沉的梦境……

“我可以帮你将它们唤醒，到那时你会发现，你重新站在了这个世界的中心，你会再一次爱上你的生活！

“我叫阿如，我在流香池等你。”

这既不是蹩脚的游说，也不是廉价营销，而是活色生香的蛊惑！

老穆的醉意立时被这描述涤荡得四散无踪。他坐在床上长久地思索，心中豁然开朗：人生所剩无几，身躯已破败不堪，他还有什么不敢一试的？

第二天，阿如接到老穆的电话时，声音十分平静，没有丝毫意外。她特别简洁地说道：“孤身前来。我只要现金与金子，你来了就能得到你想要的。”

老穆下午就按照地址找去了。他规规矩矩地按照指示独自一人来到六环外一个偏僻的小村落，走进一间简陋的便利店后门，穿过长而狭窄的甬道，来到了一个毫无遮挡的垃圾场。

垃圾场里堆满了各式各样的废弃物，散发着令人作呕的腐烂气味。

老穆愣怔地站在上风口，几乎被那味道呛得窒息。他穿着一身著名设计师手工打版的衣服，昂贵的皮鞋一尘不染，站在这颇为壮观的小垃圾山前不知所措。

犹豫良久之后，他终于抛开剩余的理智，按照电话里阿如的指示，径直向着中间走了过去。他屏息在那堆噩梦般的腐烂物中摸索着，忽然眉头一展，手中滑进了一个冰冷的把手。老穆按捺住忐忑的心情，深呼吸几次之后，用力一拉。眼前的垃圾山并未如同他所担心的那般倒塌倾轧下来，而是突然间转换成另一个场景——

眼前是一个四四方方、干干净净的房间，明亮宽敞，约有五十平方米。

老穆心跳如擂鼓，迈开步子走了进去。屋中的四面墙上都是巨大的卯榫式鎏金包边中药木柜，挤挤挨挨地嵌满了带黄铜把手的小抽屉，一小格一小格，数也数不过来。

老穆望向四周时忽然有种恐怖的感觉，那些抽屉的另一端不知道连接着什么地方，装着什么可怕的东西。若不是闻到了浓郁的、混合着樟木味的药香，他几乎以为这一切都是幻象。

门在他身后合上，一个俏丽的身影自房间的西北角娉娉婷婷地走了过来。女人乌发及腰，杏核眼，长眉若弯月，一对小巧的酒窝像藏着两旋蜜。

“我是阿如，流香池的老板。”她笑容可掬地望着老穆娇声道，“你能来到这里，就是我们之间的缘分。我们直接说买卖吧。那么，言欲、情欲、口欲、行欲、生欲、知欲，您想要哪一种欲？”

老穆恍惚了好一会儿才心神归位，他思索着阿如的话，眼中忽然有光芒闪烁：“我……全都要！”

阿如的眉梢眼角一时间都起了笑意，娇嗲道：“真是贪心，六种欲望一起要？价格好贵呢！穆老板钱带够了没有？”

老穆费力地喘息着将手提箱放在地上打开。箱子如蚌贝般分开两边：左边是码得整整齐齐捆扎好的纸币；右边是个透明袋子，里面放着一层黄澄澄的手指粗的金条。

阿如低头看了一眼，有些羞涩地笑了：“真是做大事的人，我顶喜欢你们这种大手大脚的败家样子。”她笑起来，附身合上箱子，毫不费力地拎起，双眉一挑，“那就别耽搁了，开始吧！”

她双眼秋波流转，声音软软地道：“脱了衣服，要脱光！”

老穆意外地一怔，有些迟疑：“脱光？在这儿？”

阿如将手掩在口上，吃吃地笑：“怕什么？门口那么重的迷障，再不会有不相干的人进来。这里发生的一切，我比你更

不想让外人知道。”

“我脱光了，那你呢？”老穆望着阿如有些迟疑。

阿如轻笑：“哎哟，你这个不正经的！我当然是要出去，不然，一会儿你六欲充沛起来，本姑娘可应付不来。”

门在老穆的身后关上，细碎的脚步声渐渐消失。老穆定定心神，咬牙解开了衣服扣子。衣服一层层脱下，他呆呆地站在屋子中央，站在一片令人忐忑的死寂中，心中忽然后悔了起来。

这会不会是个邪恶的玩笑，为了拍下他赤身裸体的样子去公之于众？或者是一个处心积虑的骗局，为了方才交付的那些钱？这种违背正常逻辑的事情，一向理智谨慎的自己怎么就鬼使神差地相信了呢？

就在老穆要抓起地上的衣服时，突然耳边啪嗒一声脆响，东墙上有个小抽屉自己打开了，紧接着，每面墙上都有数个抽屉次第打开，噼里啪啦的声音不绝于耳。

老穆直起身，克制住自己仅存的理智，继续站好，咬着牙，一动不动。

打开的抽屉里缓缓喷发出不同颜色的水雾，每股烟雾都带着一种奇异的香气。老穆苍老的身体瞬间被淹没在五光十色的水雾之中。没一会儿，他便有了不一般的感觉，他迟钝的身体像是有股清澈的温泉灌注其中，往日麻木的感官重新开始回温，那些久违了的欲望竟然真的在他心头迭次升起：旖旎的柔情、强烈的饥饿感、浓重的好奇心、诉说内心的冲动……一瞬间，他有种想狂奔的焦躁，这些鲜明的情绪一个比一个猛烈地冲撞着他的心。

老穆惊异地望着这些烟雾，激动得无法言语。不知过了多久，他跪在地上缓缓抱住自己，因为无法承受的喜悦而啜泣起来……

大约过了三个小时，天色已晚，老穆才心满意足地从房间南边的那扇门离开。

他离开后，那扇门在墙上渐渐隐匿不见，而屋子正北方的墙上却缓缓开启了另一扇一模一样的门。

门内是个幽静的小庭院，规规整整地排列着几间独立的木屋。院子正中央有一棵树冠极为茂盛的不知名的大树，树下有两个冒着热气的汤池：左边的汤池略大，水清见底；右边的汤池也就一张双人床大小，池水是淡淡的紫色。

晚风轻轻吹拂，树上几朵茶杯大的粉色花朵纷纷落下，漂在池水之上，忽然间平静的池面水波四散，阿如的身形自那淡紫色的池水中探了出来。

她侧着身子缓缓站起，身上、发上沾了几片花瓣，她赤身在池边的青石上坐下来，随手拿起岸边的小水桶，舀水泼洒

在树根上。她轻笑呢喃道："喝了这水，赶明儿花就开得更好了，但不许只顾着开花，耽误了结果子啊。"

过了一会儿，阿如似乎想起了什么不愉快的事，收敛了笑容，拿起树枝上挂着的丝绸绣花睡衣，边穿边走到院子最边上的一间小房前。她对着花棱窗看了一会儿，略带期待地低声问："鱼怪，你想通了吗？"

窗子里一片漆黑，突然一双手握住了窗栏，有个高亢的男声传来："想通了，等小爷出去就把你这破澡堂子夷为平地。"

阿如无奈地叹息："别那么冥顽不灵，我等了多少年，才遇到你这样带着加持力的精怪，刚好可以弥补我术法中的纰漏，若是我们两个合作，就可以毫无阻碍、毫无顾忌地转化那些欲望。我们会成为这世上最富有的精怪，享受最顶尖的一切，豪宅、珠宝、仆从，所有想拥有的一切！"她说得双眼放光，"可你为什么不答应，非要自困于此呢？"

男人有些激动地高声道："自困？你要不要脸？小爷明明是被你困住的好吧！"

一张略有些憔悴的脸出现在窗口，长眉长眼，正是余念白。他费力地扒着窗口望向阿如高声道："竟然敢把小爷给禁制在这儿，你到底什么来路？算了，不管你什么来路，我跟你说，你再不放了小爷，你就完了。我家里有个挺厉害的人……”

阿如不以为然地转身轻笑，幽幽道：“再厉害的人，也过不了我这流香池。不给你看看我的本事，你终究是下不了决心的。”

她先来到两个池子中间，拨动开两池中间一块活动的石板，将她之前所沐浴的散发着淡紫色光芒的池水，放了一小半进那清澈的池水中，然后走到院子西边六间小房的门口，依次打开那些房门。

不一会儿，从里面走出几个衣衫不整、神情狼狈的人，有大腹便便的胖子、瘦弱稚气的少女，还有身材丰腴的妇人和长相凶狠的壮汉。这些人无一例外的都是满面惊恐。

阿如张开两手像轰赶一群羊羔，笑嘻嘻道：“憋得难受了吧？快去池子里舒服舒服。”

那些人显然是吃过池子的苦头，听见这话，露出万分惊恐的神情，纷纷开始四散奔逃，但没跑出几步，便如同被看不见的绳子揪扯着一般，个个踉跄着退了回来，扑扑腾腾地先后跌入了院中那清澈的大汤池之中。

紧接着池水中的众人便发出撕心裂肺的痛楚尖叫，那声音简直振耳欲聋。池中的人个个争先恐后地向岸上爬，但无论如何挣扎，谁也逃离不开那一汪池水……过了好一会儿，池中的喊叫声终于渐弱，汤池里的水越来越满，盈盈欲溢，原本清澈

的池水竟变得浑浊不堪。

阿如脸上终于露出满意的神情。她对着众人招招手，似乎是解除了什么禁制，温和道："今天就到这里吧，大家可以回去休息了。"此时池水中的众人，神情与入池前大相径庭，个个神情疲惫，目光呆滞，缓缓地爬出汤池，竟毫不抗拒地乖乖走回了那排木屋。

阿如望着他们顺从的身影，笑意盈盈道："这些都是我精挑细选抓回来的人料，这些人内心的欲望都比一般人强烈很多倍。对食物永远充满渴望的胖子，背着丈夫拥有好几个情人的性瘾女人，整天想着对别人施虐的黑道混混，终日喋喋不休去挑别人是非的少女，偷窃成瘾的惯犯……我泄了他们的欲望，将之转化成欲香丸，再卖给那些欲望枯竭的垂老富豪。这些欲望在人料的身上是折磨，在我这里却是珍宝。彼失我得，两相其便。鱼怪，你说，这买卖是不是很完美？"

阿如一边说着一边俯下身，半跪在污浊的池水边双手来回在水中摸索，池水在她的搅动下逐渐恢复了清澈透明，池底浮起了六枚大小不一、颜色各异的丸子，大的如同海棠，小的如同葡萄。阿如将这些丸子捧起，小心翼翼地放在池子边的石桌上，一时间整个院子里都飘满了奇异的香气。她满眼喜爱地挨个抚弄着那些丸子道："世间还有什么能比拟欲望的香味，真是令人沉醉。"

念白在一旁看得呆住，忍不住高声道：“你这样用术法强行泄去人的欲念，势必会冲撞伤损他们的神识，几次下来这些人就都会变成无欲无求的行尸走肉，太过伤损阴德了吧？”

阿如不屑地望着他反驳道：“伤损阴德？这红尘中的万物个个都有欲念，或为昼食夜宿，或为繁育后代，都是最简单不过的需求。只有人类永远欲求不满，不为温饱也去涂炭生灵，不为子嗣也去纵情声色。

“他们总想要得更多，任由着欲望驱使对其他的生灵犯下种种罪恶，他们害怕过伤损阴德吗？我的族群原本兴旺鼎盛，数百年下来竟然被人类追杀得近乎绝种。如今我只是挑选他们中品性最为卑劣的人抽取些欲望，有什么值得心疼的？”

念白满面惊异之色地望着她：“追杀至绝种？你到底是个什么精怪，为什么小爷完全看不出你的本相？”

阿如指着院子中那棵大树扬扬得意道：“似你这样的小鱼崽子，怎会知道我的过往？你闯进来，就是想要我这棵空影木。你要是能说出我的来历，我便让你带着这棵树离开。”

“说话要算数！”突然一个清朗的声音传来，阿如与念白都是一惊，同时转头去看。只见池水前不知何时站着一个身材颀长、容颜俊美的年轻男子。

那男子如春风中的皎皎玉树，风度翩翩，气质卓然。阿如乍见之下震惊至极，一时间竟呆怔住了。

念白却眉目舒展，长长呼出一口气叫道：“你完了！我们家那个厉害人来了。”

“这小院子藏得真不错，手法别致得很！”报君知并不理会念白，他环顾四周，神情悠然地道，“这棵空影木长得还真是茂盛，过阵子能结不少果子。”

阿如这才惊跳起来，望着报君知喝道：“你怎么进来的？”

报君知轻笑道：“那还用问，自然是走进来的。刚才你说，道出你的来历你就放那傻小子离开，是这话吧？”

阿如在门户上做的禁制十分复杂，眼见报君知如此轻松便破门而入，心中已经知道他不好对付。擒了念白的时候，她便知晓了念白的身份，此时她望着报君知，心知他必定也是风水师。

她冷冷道：“有本事，你就说来听听。”

报君知笑笑，朗声道：“这世间有一种异兽，名唤仿如，喜食空影木果实，其真身若花豹，双耳无形如烟雾，修成人身后多为年轻貌美的女子。她们沐浴后的水，可泄下人的欲念。”

阿如眯起双眼，倒退两步，一时间脸上的神情如临大敌。眼见报君知要过来，她忽然双眉一蹙，将双手用力在胸前拍合，只听轰隆巨响，眼前两个水池竟骤然合二为一，严丝合缝地将报君知挡在小院的一角。

阿如面露得意之色，高声道："这池水是我日日沐浴所用，任何人进入都抵抗不了七情六欲外泄之苦。你既然知道我的来历，就乖乖……"她说到一半，却突然瞪大双眼，住了声。

只见报君知竟然若无其事地跃入了水中，水并不深，只漫到他的腰间，他就那样不疾不徐地前行。因着他的进入，水波不知为何突然翻腾不休，但转眼又自他身上一层层退去，一池水依旧清亮见底，平如明镜，未见任何污浊。

阿如目瞪口呆，如同见到这世上最不可思议的事情。她恍然大悟道："无情无欲！"她惊异地用手指着报君知，"你绝了七情，断了六欲！"

报君知自水中一步步走来，缓缓抬头，绝美的脸上神情自若，黑亮的眸子里带着些水汽。白色的衬衣完全湿了，紧贴在他身上，坚实的胸肌轮廓清晰可见。他抖了抖身上的湿衣，全身的水都开始蒸腾发散，如雾气般弥漫在他的四周，此情此景，十分梦幻。

雾气向四周蒸腾，阿如却忽然感觉脑子一蒙，望着眼前这具完美的肉身，心神一时间恍惚迷乱起来。她情不自禁地惋惜又带着些怜悯问道："你身在这烟火红尘里，看得见，也感应得到，却完全无法回应，到底是谁让你经历这样的苦楚？"

“我自己。”说话间，报君知已经走上岸来，站在她面前，双目炯炯地望着她。

阿如被那如电的双目看得打了个冷战，只觉一阵清冷的风拂过心头，顿时清醒过来。似乎是想到了什么可怕的事情，她的脸上瞬间变了颜色。

报君知一步步向前，她一步步后退。她骇然地望着眼前这绝美的男人，一颗心猛地沉了下去，声音里充满了难以置信：“我知道，风水师里有一种人会对自己做这种事，他们因为承受了师长舍身渡传的圆光术，为了不使功力反噬，便以牺牲自己的情欲作为代价，成为一个无懈可击的聚舍金身。”

“早听说仿如兽博学广闻，果然名不虚传。”报君知望着她露出笑容，“然后呢？”

阿如脸上的惊恐加剧，低声道：“然后，这样的人会拥有一种很可怕的术法。”她终于退无可退，将身子紧紧贴在墙壁上，因为极度害怕而全身发抖，“当有一天，他们可以将自身的功力与渡传的功力融汇的时候，全身的血会变成这世上最炙热的火焰，能烧毁精怪的元神，无论是百年还是千年的修行，在赤血焰里都会磨灭无痕。”

“赤血焰这么霸道！为什么没人告诉过我？！”一旁扒着窗户看热闹的念白听到这里忍不住惊叫起来，“原来小爷这么多年一直跟在一个大杀器边上厮混，好危险！好危险！”他一脸紧张地高声喊，“一会儿她要是不听话，你灭她的时候，注意千万别把血溅到我身上啊！”

报君知收起笑容，神情变得冷峻。在他的身后，那一池水突然如一锅煮沸的开水般汹涌地翻滚蒸腾，院子里一时雾霭弥漫，香气四溢。

“你为什么不跟从你的宿命？”

阿如因为惊惧而大口喘息，强自镇定道：“什么宿命？尽情享受这人间就是我的宿命。”

报君知低声道：“你方才口口声声说人的贪欲心重，事实上，你清楚你的族群是为什么沦落到近乎灭绝的境遇。你们才是对七情六欲的渴望比任何生灵都强烈的那一个，每个朝代都有你的族人去祸乱朝纲，挑起战乱，为了权谋、为了贪欲，无所不用其极，你的族人个个都是死于对欲望的过度索求。

“时至今日，你也算是侥幸留存，却还不知收敛，竟胆敢用术法去伤害常人。这罪过，已经值得让你尝尝赤血焰的滋味了。”

报君知忽然伸手抓住阿如的手臂，阿如吓得尖叫起来。

院中的雾气终于完全消散，汤池彻底枯干，四周的景物也已经转换，原来的小院子不复存在，困住念白与关押那些人料的数间木屋一起消失无踪。众人惊讶地发现自己正站在一个巨大的散发着腐臭味的垃圾堆旁边。

阿如因为极度恐惧声音都已经发颤，双目流下泪来："我做出这个流香池的时间很短，并没有造下杀孽，请您放过我……我天生与族人不同，只有贪欲旺盛，其他五欲我都可以自行压抑住……"

报君知左手握紧她手腕，右手食指在两人手腕上掠过，他的加持力沿着阿如的伤口渗进了她的身体。阿如瞬间如同身处洪炉烈火之中，灼热与疼痛到了难以承受的地步，忍不住大声尖叫起来。

报君知松开她的手冷冷道："回到最北边杳无人烟的极寒之地去，我的加持力能帮你压抑住欲望，抵挡严寒。这红尘虽好，终究不属于你。"

仿如兽所造出的幻境消失之后，众人四散离开，院中那棵空影木也迅速枯萎。因着那树粗壮巨大，念白很是费了些遮掩的术法，才将它运回花枝街128号院里。

所幸这棵树的主干比之前损毁的那根地梁还要挺拔完美，终于将院子的隐匿阵法修复如初。之后还剩下许多枝干木料，念白兴高采烈地唤竹枝人前来，一点不剩地全部搬回了"旧日时光"。

修缮院子用了近一周的时间，报君知逐个找寻当日四散逃离的六个人，用仿如兽自他们身上抽出的欲望所凝集成的欲香丸帮助他们恢复正常心性。自然，他根据每个人的情况，又对其欲念适度做了削减，这事又耗费了一周……

所以直到半月之后，报君知才想起那个幸运的，在流香池收集齐了六欲回家的富豪老穆。

报君知是在一个宁静的小海港找到的老穆。

海港边的沙滩上有个棕榈叶做顶子的木房子酒吧，低矮的栅栏上缠绕着闪烁的彩灯，沙滩上一片凌乱的桌椅。老穆神情茫然地坐在边角的一把椅子上，面前的桌上有瓶喝了一半的啤酒。

报君知在他旁边坐下，老穆抬头望着这个俊美的陌生男子，对方那双亮如星辰的眼睛望着他时，不知为何，他心中忽然升起强烈的倾诉欲望。

老穆使劲儿喝了一大口酒，描述自己这半个月的遭遇："最开始就像重生了一样，觉得自己的身体像个沉甸甸的礼物盒子，充满了未知和惊喜。我又对漂亮姑娘有兴趣了，像个少年一样冲动鲁莽、情意绵绵；我恢复了之前的好胃口，每顿饭都琳琅满目，吃得心满意足；我突然对所有事情都充满好奇，甚至还制订了很多探险计划……"

他忽然停顿下来，长长地叹了口气："但是很快我就发现我渴求的这一切，是多么的危险。我一时情起将已经暗中部署两年的收购计划告诉了应召女郎，她转头就将这个消息卖给了

我的商业对头，对方赶在我施行计划前做了部署，我两年的巨额投入化为泡影不说，股票也在一夜间下跌了很多，资产因此缩水大半。我毫无克制地饮酒，酒后失去控制力，大肆数落身边老友与家人的缺点，情绪激烈、言辞狠毒，我的交际圈几近崩塌。更令我不能接受的是，我竟然冲动得如同初入商界的外行，冒险投资了好几个高风险的项目……这些事情发生后，我害怕极了，短短十几日，我呕心沥血积累一生的事业与生活就这么被我弄得面目全非。我不知道该怎么控制我心里那些不断滋生的愚蠢念头，所以只好切断了与外界的联系，逃难一般躲到这个小海港来。我觉得我快要被心里挤挤攘攘的各色欲望给撕裂了。”

听老穆讲述完，报君知将手放在他背上轻轻拍了几下，以示安慰。

当报君知的手抬起时，没人看见那手里多了几颗大小不一、颜色各异的弹丸。报君知握起手掌，微一用力，所有的弹丸顿时消失无踪，海滩上忽然飘荡起极具诱惑的奇特香气，那香气四下弥散，引得过往的游人纷纷驻足，一脸陶醉地深深呼吸。

老穆抬起头，脸上的茫然尽数褪去，神情也恢复如常。他望着报君知，终于觉察到眼前这年轻人有些不一般的地方。

报君知站起身，离开前淡淡地对他道：“欲望是这世上最危险的东西，不加克制地任由其增长，势必带来灾殃。

“其实对这个世界的索求，我们每个人都没有多余的份额。人生如旅程，也没有重来一次的机会。”

老穆闻言，陷入了深深的思索。待再抬头，那年轻人的身影早已消失不见。日落黄昏之中，只见海浪不停拍打沙滩，潮起潮落，往往复复，一如人生。

人气包浆

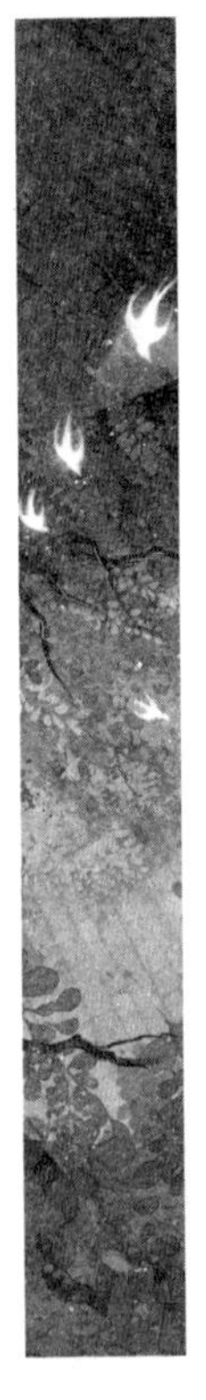

偏僻的山坳野地里，伫立着一栋被废弃的小楼，地上两层已经残破不堪，地下室里却还亮着昏暗的灯光，歪斜的大门旁挂着个做工粗糙的白底的木牌，上面用红漆写着“诊所”两个字。

深夜，天上落着细密的雨点，一个男人抱着个襁褓中的婴孩，脚步匆匆地走进地下室，不一会儿却两手空空地走出来。等在门口的女人见状瞬间哭出了声，男人粗暴地将她一扯，两人相携着出了大门。

“孩子……就留在这里了？”女人一边走一边回头看，不住地低声啜泣。

男人一脸不耐烦：“人家钱已经给了，不留下怎么的？哭什么，又生个女娃你还有脸哭？”

女人将手掩在嘴上，不敢再回头，哭泣声也压得更低了些。

男人哼了一声，冷声道：“当年咱俩结婚，我妈特意拿你的八字去推算，人家说你命里有贵子，长大了能光宗耀祖。就为了这个，你爹可是狮子大开口，愣是多要了我家五万的彩礼呢！你说，当时我嘀咕一句废话没有，转天就把钱凑齐送过去了吧？当年我家条件在四里八乡都是数得着的，你嫁过来就掌家过日子，半点没亏待你。”

“呸！”男人恨恨地向地上吐了口痰，“可你是怎么对我的？过门八年了，连着生了三个丫头片子，年初怀的这第四个，明明照了B超，说是男娃，谁知生下来还是个外姓人。”

女人偷眼看看男人，哽咽道：“可到底是……自己的骨肉……”

男人皱了皱眉：“别怪我心狠，这几年什么都不好干，一大家子人坐吃山空，小四我们实在养不起了，长大了还要赔嫁妆。而且她跟着我们也过不上好日子，还不如交给刘老板。这诊所里人来人往的，方便给孩子寻个好人家，对咱们对她都是好事。”

说完，男人的脸色缓和下来，声音也变得温柔，搂住女人道：“事情已经这样了，你也收收心。”他把兜里的钱掏出一

半来塞给女人，“赶紧回去养好了身子，咱们抓紧时间生个儿子。以后老了，不能没有靠山。”

两人的身影消失在狭窄的山道上，而地下室里那个刚送来的婴孩，此时已经被剥光了衣服，放在喷头下清洗。水有些凉，男护士的手又没有轻重，婴儿觉得极不舒服，一时间放声大哭，双手双脚拼力挣扎。

一个矮胖秃顶的男子脚步匆匆地走进盥洗室，怒喝道：“轻点！轻点成吗？这还没给客人用呢，先在你手里整报废了！”他气哼哼地在一旁叉着腰斜眼盯着，“好歹洗洗得了，月子里的娃娃能脏到哪里去，只要把她的七窍都打开就成。”

那男护士点头哈腰地应着，又举着花洒冲了冲，便将已经哭得泣不成声的婴孩倒提起来，用毛巾擦干后递过去，脸上赔着笑道：“刘老板，这个娃娃可真壮实，个头儿也大，准能给客人做一层厚厚的包浆。”

刘老板神情缓和了些，将还在大声啼哭的婴儿搂在怀中，拿出一块浸好了药水的棉纱，利落地捂住她的口鼻，少顷哭声消失，小小的身躯委顿下去。刘老板用手指戳戳那白嫩的小脸蛋，笑道：“这一世过得仓促了些，也是你运气差！下辈子投胎可得选好了人家，尤其，别再碰上我了。”

他抱着婴孩走进一个略大的房间，屋里布置得像个手术室，无影灯、消毒柜、器械车，一应俱全，而锈迹斑斑的手术台上，正躺着一个巨大的毛茸茸的身躯。那东西毛色黢黑，轮廓很模糊，根本看不出样貌。

刘老板望着浓密的兽毛中那双紧闭的眼睛，喃喃道："这家伙来了好几次，从来没显露出过本相。这也就算了，怎么今天涂人气，他也不肯散了迷障术法。"

一旁的男护士小吴凑上来道："是他自己说的天生残疾，后来又受了重伤，所以本相十分狰狞，怕您看见心生厌恶，包浆也不给做了，所以特地给遮掩起来。"

刘老板不屑地撇嘴："想得真多！我管他漂亮还是难看，给钱得了呗。算了，既然这么在乎，由着他吧。"

说完将赤裸的婴孩以趴卧的姿势放在那精怪的胸口，开始用手掌轻轻揉搓婴孩的后心。随着他揉搓速度的加快，渐渐地，从婴孩的口、鼻、耳道，微眯的眼缝以及肚脐处，冒出股股如牛奶般雪白的烟气。这烟气极具黏附力，不断覆盖在那毛茸茸的身躯上面，渐渐地，随型就态地贴合成一个斑驳的白色外壳。

良久之后，烟壳完整形成，分散均匀没有一点瑕疵。刘老板检查了一番，长长地呼出口气，将依旧一动不动，但周身已全无血色的婴孩拎给了旁边的护士，自己则继续在那巨大的身躯旁推动揉搓，直至白色的烟壳渐渐变淡，完全消失。

又过了一会儿，那毛茸茸的黑影醒转过来，在手术台上抚

摸着自己。坐在一旁休息的刘老板见状忙道："别乱摸，刚覆盖好的人气包浆可娇气着呢，小心给碰破了。

"需要特别在意地维护一百天，才会与你的肉身完全融合，你便可以脱离本相，不必每月等着只能幻化一次的机会了。

"不是我夸口，我做的包浆，质量极好，融合之后，就是和风水师面对面站着，他也闻不出你精怪的气息。你大可在红尘中潇洒来去，想去哪里就去哪里，百无禁忌。"

"现在知道我这里比别的诊所贵在哪儿了吧？"刘老板得意地点起根烟，使劲儿地吸了一口道，"物有所值，你提前了一百年享受上等种族的快乐，而且还特别稳定安全！"

黑影跳下手术台，躬了躬身道："谢谢老板，若真能如此，我承诺的事也必定做到。除了诊金之外，只要不伤天害理，我会为您效一次力。"

"好极了，我早看出你是个有良心的。"刘老板笑逐颜开，像是想起了什么，又问道，"啊，对了，你起名字了没有？"

"还没。"黑影迟疑了一下，低声道。

"那我送你一个如何？"刘老板笑嘻嘻地揉搓着双手，"我挺爱干这事儿。"他将身子凑过来细细端详着黑影道，"看你来来去去，总是一副愁苦的样子，这愁字拆开呀，就是离人心上秋，你就叫秋离如何？”

“秋离！”黑影想了想，声音里透出些喜悦，“不错！”他将大嘴张开，吐出一个黑丝绒小包，用牙叼着放在刘老板旁边的桌子上，声音低沉地道，“这里面的东西比讲好的诊金多了一些，多出来的是谢你给我起名字。”

刘老板拿过小包打开，见里面满满都是指甲盖大小的蓝宝石，一时间眉开眼笑，大声道：“要我说，你早该修成人身了。这不，比人还会办人事儿！”

黑影点点头，既是道谢又是告别，转身向着敞开的门走去，身后忽然传来刘老板急急的叮嘱：“哦，对了，秋离，这一百天里，你可不要像以前一样使用那每月能幻化一次人形的术法。你的包浆还不稳定，外形一旦改变，就会使其损毁溃散，记着啊！”

秋离应了一声，转身疾速跃上台阶，过了一会儿，身形出现在了地下室的入口处。他站了一会儿，却并没有离开的意思。之前涂包浆的时候，他虽然一直在昏睡，但梦中始终能听到婴儿的啼哭声，神识也能感应到，当时那婴孩就在他的附近，可是等他醒过来，却听不到孩子半点声息了。

秋离的耳力超常，从来没有产生过幻听，所以心中莫名升起些不安。小楼附近没有路灯，四周漆黑一片，他纵身跃到一个堆放杂物的隐蔽处，缓缓伏下了身子。

不知过了多久，地下室里走上来两个人。躲在暗处的秋离眯起眼睛，认出是医院的两个男护士，一个姓张，一个姓吴，都穿着黑色的雨衣。

小吴手里拎着个包袱，小张神情紧张，紧随其后。两人脚步匆匆一起向着街外走去，秋离悄无声息地跟上去。

只听小吴叹了口气道："这个月我都去后山扔三个了，全是女孩。这些爹妈都是怎么想的，生出来不想要，你倒是寻个好人家送了啊！为了多要俩钱给了刘老板，这不是活活断送孩子的性命吗。"

小张擦了一把脸上的汗道："你别白糖嘴儿，尖刀子心了，还说他们哪，咱俩这上赶着帮忙毁尸灭迹的，算是什么？"

小吴支吾道："我……我这不没办法吗，要不是好赌输光了家，谁会挣这损阴德的钱。你不也一样？"

小张也道："都是当初没路走了，才跟着老刘干这事。我跟你说，这阵子我睡觉净做噩梦了，老梦见一堆裹着包袱皮的小孩儿围着我哭……唉……实在受不了。我就干到年底，这钱血气太重，高低不能再挣了。"

秋离在后面跟着，将两人对话一字不漏地听了个清楚，细细一想，心中不由得一紧。

前面的两人走了大约三里山路，来到后山峡谷里的一条小河边。

雨已经连着下了两天，原本窄浅的小河涨宽了近一倍，水流湍急，将岸边的芦苇都冲得倒了下来。离小河不远的地方有间简易的草棚，是附近钓鱼人临时搭了休息用的，也就比狗窝大点，四面漏风潲雨。

雨越下越大，两人不愿意再往前走，便顺手将包袱放进了草棚里。此时天上忽然响起一个炸雷，两人吓得连声惊叫，跌跌撞撞地跑回了小山道。

待两人跑远之后，秋离从荒草丛里钻出来，径直走向草棚。包袱被放在稍微干燥松软的地方，他一走近，就闻到了与自己身上的人气包浆相同的气息，但这并不是最令他吃惊的，最意外的是，他清楚地听见了包袱里传来轻微的心跳声。

空中又一声响雷，震撼山谷，那包袱忽然抖了一下，开始缓缓蠕动。

秋离伸出毛茸茸的爪子，小心翼翼地扒开包袱的外皮，里面赫然露出一个赤裸的婴儿来。那婴儿清秀可爱，黑溜溜的眼睛正望着他。他不知所措地僵住，连抬起的爪子也忘记了放下。

大约是爪子上的毛触碰到那细嫩的皮肤，婴儿觉得有些痒，突然对他露出一个虚弱的笑容。秋离吓了一跳，又不觉惊叹，这小小的人儿刚在生死关头打了个滚儿，竟然还能笑得出

来。他心里有个地方忽然轻软得无以复加，这点和自己多么像啊！

秋离抖了抖身上的雨滴，用爪子将包袱皮合拢，凑过去在婴孩身边卧下。他记得在过往漫长的岁月里，自己心里曾有过无数次恶狠狠的念头：当同类被屠杀殆尽的时候；当自己被围捕受到残害的时候；当他好不容易鼓起勇气去相信，却发现依旧是陷阱的时候……每一个这样的艰难时刻，他都觉得自己心中的恨意浓烈到能摧毁这个冷酷的世界。可是一觉睡到天明，当暖暖的太阳照在他的脸上，闻着草地上清幽的花香，他依然会忍不住微笑，满心期待着爱与被爱。

秋离将自己的身体紧紧靠着婴孩，与这小异类共享着自己宝贵的体温。夜色虽然浓重，但对于他的眼睛来说，并没什么妨碍。他望着不远处开始流泻的山洪，知道要不了多久，越涨越宽的河水就会蔓延到这个小草棚里。

身边的婴孩闭起眼睛开始昏睡，虽然外面雨声嘈杂，但是秋离敏锐的耳力依然可以清楚地听见这小异类的气息越来越微弱。他犹豫地低下头，心中有些纠结，过了一会儿，无奈地叹了口气。

山洪奔流的小河边，暴雨中摇摇欲坠的草屋里忽然发出淡淡的绿色荧光。过了良久，荧光黯淡下去，草棚里钻出一个身材高大的黑衣男人，他臂弯里抱着个花布包袱。男人解开外衣将包袱紧紧裹进怀里，然后，毫不迟疑地冲进了雨夜中。

最近的医院在十五公里外的县城，秋离感觉到怀中的婴孩脉搏已经弱到不可察觉，顿时心急火燎起来。他屏息探了探自己的内力，变化人身之后，还有一些余存，若是全部用在双腿上，大约五分钟就可以到达那家医院。

当下他不再迟疑，将气息下沉，身形在雨中疾驰而去。

数分钟后，浑身湿透的秋离冲进医院的抢救室，高声叫道："医生，救命！救命啊！"

"患儿严重失血，面色青白，怀疑脑部缺氧……"

"体温低于三十六度，心跳五十五，准备输血……"

"心肺功能差，已经没有自主呼吸，上呼吸机……"

秋离颓然靠在墙上，那种熟悉的寒冷又从他身体中某个角落苏醒，汹涌而来，将他整个人包裹住，一时间他冷得牙齿都打了战，身子也蹲了下去。他感觉到身上的人气包浆已经完全溃散，刚才又消耗了过多的内力，他已经快要稳不住人身了，于是他强自挣扎着站起身疾速向着医院大门口走去。

走过了长长的走廊，走过了宽敞的大厅，他的脚刚刚迈出医院的大门，忽然耳边传来一阵骚乱。

"快点，快点……孩子没心跳了……"

"大家接力做心脏复苏……"

"谁出去跟家属报一下病危……"

“不行了，停止抢救吧……”

秋离的脚步戛然停住，像是有双看不见的大手一下子捏住了他的心脏。他脑海中忽然浮现方才在草棚里婴儿那个虚弱的笑容，像一朵花在缓缓绽放……他低下头犹豫片刻，咬牙转身又向回跑去。

抢救室里空无一人，四周静悄悄的，那个小异类安静地躺在床上，了无生息，苍白的手臂上还插着输血的管子。秋离反身锁好门，冲到病床前，将输血管的另一端插进了自己的脉搏中。

泛着荧光的橘红色血液汩汩地流淌进婴孩的身体中，不一会儿，孩子原本青紫的脸恢复了红润。当秋离重新听见那小小身体里传来有力的心脏跳动声时，终于松了口气。

他拔了两人的输血管，握在手中运起妖力，瞬间将其焚化消失。他替孩子盖好被单，正想着要不要从窗户跳下去离开时，忽然感觉有什么东西在触碰自己。他低头望去，见那婴孩已经睁开了眼睛，白胖的小手拉住了他的衣角……

时间转眼过去了六年。依旧是十一月，一家快餐店临窗的位置上坐着两个人。梳着两个小辫子的六岁女孩正抓着几根手指粗的薯条往嘴里塞，嘴太小，番茄酱都挤在了嘴唇上。她对面坐着一身黑衣的秋离，见状皱着眉抓起纸巾边为她擦拭边轻声道："慢点吃，看你弄了一脸，这么喜欢吃这种垃圾食品，嗯？我做的饭又有营养又好吃，让你多吃点怎么那么费劲？"

小女孩扁嘴，咽下嘴里的薯条一本正经地伸出手指数道："西红柿炒菜花、烧茄子、青菜排骨豆腐汤，你就会做这三个菜，我都吃了五年了，再好的东西也架不住这么吃吧？"她神情严肃地望着秋离道，"真的，你是时候学几个新菜了！"

"知道了。"秋离无奈地瞥了女孩一眼，继续为她擦着脸。

女孩笑起来，用两只小胖手捧着圆圆的脸，望着秋离声音甜甜地道："爸爸，我为什么叫暖暖？"

"告诉你好多遍了，怎么还问。"

"我就是想听你说，我老想听你说这个。"

秋离忍不住嘴角上扬，整个五官的线条都柔和了起来。他用手揉了揉女孩胖胖的小脸，轻声道："因为爸爸第一次见到你的时候，是个叶子都落光了的秋天，天上下着雨，爸爸还遇到了一堆麻烦事，当时觉得好冷啊，简直不能忍受了。就在这时，我遇见了你，你对着我笑，那个笑可真好看！爸爸忽然就觉得暖，暖得整颗心都要融化了，所以就给你起这个名字了啊。"

暖暖不满意地挑着小眉毛，探过身子来道："还有呢，你没说完，上次还说了别的。"

秋离捡起餐盘中被女孩吃剩下的食物吃着，漫不经心道：“我还说了什么？”

暖暖使劲儿地举着自己的小胖手，严肃道：“你还说，我是个有魔法的小孩，只要我握住你的手，你就再也不觉得冷了。”

秋离轻笑，使劲儿点头道：“对对，暖暖是个有魔法的小孩，这么重要的一句话怎么忘记说了。”他站起身为暖暖穿好粉色呢子大衣，戴上毛茸茸的手套和帽子，然后抱着她穿过马路，来到玉镜大街里一所幼儿园的门前，交给了在门口等候的老师。

看着暖暖一边挥手一边跟着老师跑进自己的班级，他正要转身离开，突然一个带着笑的声音在他身后响起：“秋离，别来无恙啊！”

秋离一怔，猛地转身，神情顿时如临大敌。他身后站着的是个四十岁左右、一脸络腮胡子的矮胖男子，正是六年前为他做人气包浆的刘老板。

刘老板笑得如春风般和煦：“我可是一直惦记着你。怎么的，你答应要为我办事，后来为什么不告而别了？”

秋离见街上人来人往，转身向着旁边一条偏僻的小胡同走去。刘老板紧随其后，咄咄逼人地接着说道：“当年你来我的诊所一直不肯露出妖身，是为什么？你的人气包浆破损了，不回来补救重做，又是为什么？”

秋离依旧不说话，却加快了脚步。刘老板的声音里透着些兴奋：“你是怎么把那小丫头救活的？当年我已经抽出了她体内所有的精血元阳，华佗再世也救不了她。”

听到这里，秋离突然停住了脚步，刘老板跟得太紧，差点撞在他的身上。两人此时已经走到了死胡同尽头处的拐角，四周除了围墙并未有院落，也没有行人。

“多少钱能让你彻底忘了我和这孩子？”秋离冷声道。

刘老板大笑：“钱？多少钱也不能和你的秘密相提并论！”他从怀里取出一个小玻璃瓶，瓶子里有一根寸许长的金色毛发，“这是当年你离开时，我在手术台捡到的，因为好奇就随手放在瓶子里收着。直到三个月之前，我看到了一本古书，这才明白，自己当年错过了一个多么稀罕的机缘。为了补救，我可是花了不少的人力物力，还好，终于让我重新找到了你们。你答应过为我效一次力，那现在兑现吧，给我一半你的……”

秋离目光中满是冷冽：“我知道你要什么，这么多年来，所有人都想跟我要这个。”他摇摇头，“你居心不正，做事有悖天理，我不会给你的。”

刘老板收起笑容，换上一副恶狠狠的表情道：“别逼我撕破脸，你宁可冒着损害灵元的危险，每日超剂量服用‘褂讪

散'来固化人身，也要亲自养育这个小丫头，这孩子在你心里是什么分量，不言而喻。你要是不答应我，我动不了你，但是有手段让这孩子求生不得求死不能！”

秋离的神情虽冷，但一直都很平静，此时听见刘老板这句要挟，忽然间神情大变：“你敢！”他缓缓抬头，一双眼睛里精光暴显。

热闹的玉镜街上人来人往，车水马龙，有几个路人忽然听见不远处偏僻的死胡同里传来一声凄厉的惨叫。

少顷，秋离神情阴郁地独自出了胡同口。他在人来人往的街上神情茫然地伫立了一会儿，忽然想起什么，脚步匆匆地回到幼儿园。

“老师，我家里有急事，要把孩子接走。”秋离有些急切地对接待室里的老师道，“麻烦您赶紧把暖暖带出来。”

老师应了一声，走进教室，过了好一会儿惊慌失措地跑出来，声音里带着哭腔：“暖暖爸爸……不好了，暖暖不见了，教室里、玩具室、操场上全都没有，怎么办啊？！”

秋离一惊，缓缓转身，只几步，瞳孔瞬间扩大变成了血红色。他站在幼儿园的门口，从兜里掏出个蓝色的琉璃瓶子，咬下盖子吐出去，将里面的药粉尽数倒在自己的嘴里。他站在纷乱吵嚷的街道上，深深吸气，仔细辨别着各种庞杂的气息……忽然，他的眉头耸动，转身向着高速路的方向奔了过去。

一个小时之后，秋离的身影出现在郊外一个废弃的修理厂门前。他环视周围，旷野里孤零零的一栋封闭起来的旧厂房，大门用小孩手臂粗的链条锁住了。

他深深吸气，再一次确定了暖暖的气息就在里面，于是上前奋力一脚踹在铁门的锁链上——

一声巨响，那坚实的铁链应声断裂落下。秋离大大方方推开门，毫无惧色地走了进去。

向前走了几步，他却皱紧了眉头。只见院子里如扇面般并肩站着两个四十岁的男子，而暖暖被两人夹在中间，正在惧怕地哭泣。一见到秋离，暖暖的眼睛亮了起来，放声大叫：“爸爸，爸爸！”

秋离强自按捺住想飞奔过去的念头，眯起眼睛，走到离众人五米远的地方停下。他清楚地嗅到了浓烈的内力与硫黄朱砂的味道，冷笑道：“原来风水师也会做挟持幼童这么不要脸的事。”

众人并不还嘴，都谨慎地盯着秋离看。中间一个瘦脸风水师奇道：“他的气息不同于任何生物，完全看不出本相，又能说出我们的身份……这老刘说的大约靠谱。”

他旁边一人轻笑：“我看不一定，听说那东西的心肝肺都冷如千年寒冰，最是凶狠无情。他要真是，就不会明知是陷阱还来救这小丫头。”

较年轻的一人听见他们这么说，有点沉不住气地冲着秋离叫道：“喂，你到底是什么人？”

秋离冷冷地环视着众人，清晰而有力地答道：“你刚才听见她叫我什么了……”

瘦脸风水师忽然脸色一变，手中几张符图向着秋离甩了过去，但符图还未逼近忽然就停在了空中，瞬间结满冰霜，如落叶般飘落在地上。

众人高一声低一声的叫起来：“是了！是了！大家准备着！”

“你们如果非要这么做不可……”秋离望着众人叹息，“何不做得痛快些！”

他顿了顿，视线落在已经被吓坏了的小女孩身上，高声道：“暖暖，不要看。”

暖暖听话地闭上眼睛。

秋离忽然仰头一声长啸，四下里妖风骤起，空中飘荡起纷飞的雪砂粒。秋离的身形渐渐虚化，呼啸的寒风中显现出一头通体雪白如玉的巨虎，从耳尖至胸前那一圈毛却是金色的，双眸血红，鬃毛飘飞，威风凛凛。

众人大惊，瘦脸的风水师惊喜叫道：“赤眸金鬃虎！老刘没说谎，这异兽的骨头是留年药，灵元是不老丹，血液是活死人肉白骨的回生散，要是把这么大一只都给吃了，恐怕连茅山之路都要通了。”

众风水师的面上都露出了贪婪的神情，有个年纪大些的高声道：“还等什么，大家亮出家伙上吧，一会儿平分了他的肉身和灵元！”

众人争先恐后地冲上去，拉着暖暖的那个风水师嫌她碍事，将其向后面猛地一甩，暖暖哭着向后跌去——此时一阵淡淡的紫藤花香飘过，有股浑厚的加持力突然将孩子托住。

暖暖抽泣着回头，见一个年轻俊美的男子正对着自己俯下身。

报君知对暖暖笑笑：“一会儿的场面，小孩子看了不好。你乖乖睡一会儿吧，睡醒之后，爸爸就会带你回家了。”

暖暖还未来得及应声，便觉浓重的倦意袭来，小小的身体蜷缩起来，沉睡了过去。

报君知挥手以加持力做出个鸟巢般的禁护，小心地将暖暖放了进去，然后轻轻一推，那鸟巢瞬间封闭，悠悠飞至远处，悬在空中。

报君知安顿好孩子，转身看去，见秋离已经被众风水师围在中间，正荡起妖风雪障在自己的周围抵挡，而那群风水师有些正吵吵嚷嚷地念咒语施术法，另一些则从怀里大把地掏出符图，撒纸钱般地甩过去，两厢折腾得好不热闹。

报君知走在旁边，抱肩站着，完全没有插手的意思，只

是冷眼旁观。而正在打斗的众风水师全神贯注，竟没人注意到他。只有秋离因为耳力超常，听见了报君知与暖暖的对话，又看到报君知用禁护包裹住孩子，心中便明白此人并不是跟这些风水师一伙的。他没有了后顾之忧，一时间士气大振，又仰头长啸一声，包围在四周的雪砂屏障顿时增厚了不少，几个雪旋风旋到风水师的身上，顿时扫倒了好几个人。

众人一见这情景，都有些沉不住气。终于，为首的瘦脸高声道："今儿个来的，没有外人，都是老刘店里的熟客。眼下是咱们身上的本事弄不过去，大家就都别慎着了，给他加点料吧！"

众人脸色阴沉地一齐应着声，突然同时向后撤身，那个包围着秋离的圈子一下子扩大了很多。他们个个凝神闭目，也就片刻，每个人的身后都显现出一个虚形来。有两人身后是巨龟，三人身后是蝰蛇，剩下的还有刺猬与狸猫，瘦脸的身后是一只长眉猴。

秋离一见这情形，大为震惊，难以置信地道："你们，在自己身体里……蓄养精怪的神识！为什么？"

瘦脸得意地笑道："一会儿你就知道为什么了。"他话音未落，三条蝰蛇张口喷射出毒涎，涎水喷到雪砂屏障上，损毁了好大一块。巨龟也身形倒转，从不同方位直接冲撞向雪砂屏障。与此同时，其他人身后的虚形兽也都一起发起攻击，而众风水师跟在后面，立时施用术法，将众虚形兽的攻击加大了数倍。

秋离因为惊怔，反应慢了些。电光石火间，雪砂屏障在这骤然的猛击下出现了破损，转眼便轰然倒塌，虚形兽蜂拥而至一齐攻向失去了保护的秋离。

众风水师个个喜形于色，疾速向中心聚拢，都从身上解下自己的法器。那些法器，报君知从旁看得清楚，件件闪着小小的霹雳火花，这是因为浸泡过五雷诀，可以隔着精怪肉身伤损其神识。

就在众人都举起法器的时候，忽然一个圆形光球兜头将秋离罩住，纠缠在他周围的众虚形兽顿时被震荡开来。那光球似乎带着强大的力量，所有的虚形兽被震开后，都在空中自燃消失。

众风水师猝不及防，俱都震惊失色，高一声低一声地叫起来：“圆光术！”

此时报君知已经走到了秋离的旁边。

便有性子急的厉声喝道：“你也是个风水师吗？怎么不帮自己人，反倒去保护一个精怪？”

报君知望着他们冷笑：“我可不敢与诸位同流合污。你们一个个利欲熏心，妄行恶术，这个才是你们自己人呢。”说着，他向着东北方向招了招手，忽然一只秃鹫从远处的枯树上

滑翔而下，落在报君知面前，一双阴郁的眼睛四下里看着，似有畏惧。

报君知呵斥：“你这个样子，你的老朋友们怎么能认得，拿出平时的嘴脸来。”

秃鹫闻言就地一滚，地上顿时尘土飞扬。烟尘里站起一个人，光头络腮，正是一脸惊惧的刘老板。

众人又是一阵惊呼：“啊……老刘……竟然是精怪！”

报君知沉声道：“他本是南方一个巫术师的宠物，从旁看着学到了化形之法，可以将自己的气息完全遮掩。十年前跑到此地开了这个买卖。从那些重男轻女的父母手中买来才满月的女婴，又将婴孩的元阳气炼化成能包裹住精怪妖身的窍壳，卖给那些自身修炼尚未完成的精怪，去修补它们的筑基，使其可以克制住躁动的妖身，提前幻化出稳定的人形。

“伤损在他手里的人命不计其数。近些年，他又添了本事，转而杀死一些术法弱的精怪，聚敛起残破的神识，放在风水师的身上，用以增强其内力。我自知道这消息起便开始追索，可因为一直查找不到他的气息耗费了月余的时间，直至今日，他在玉镜街的小胡同里被秋离打伤，才泄露出了自身的踪迹。”

众风水师听着报君知的讲述，神情都越来越震惊，有的讪讪低头，有的骇然掩口，个个将法器收起垂手退后。

报君知面沉似水地环视众人片刻，转而又望着老刘冷声道："我说全了吗？你还有没有什么想补充的？"

老刘一边听着一边打战，听到最后已经抖如筛糠。此时听见报君知这一问，心知不好，惊恐之下涕泪横流，顿时跪下不停地用力磕头，大声道："我知道错了，求您看在我修行不易的分儿上，留我一条贱命。我情愿终身为仆，为您看家护院，煮饭洗衣！"

报君知听老刘这么说，忽然一怔，有些犹豫地笑道："别的也就罢了，你真的会洗衣？洗得干净吗？"

老刘好似陷落地狱里突然望见一点天光，面露狂喜地拼命点头："干净！特别干净！"

"那还能……"报君知突然就敛了笑容，厉声喝道，"有洗衣机洗得干净？"说完左手脉搏处红光绽放，他抬手向着老刘毫不迟疑地猛然劈下。

老刘吓得肝胆俱裂，一个转身跃起化为秃鹫向空中奋力飞去，却依然没有逃过那炽烈的血光，一声惨叫之后，在空中焚烧成了灰烬。

众风水师眼见这样慑人的场面，都骇然不能言语，心知自己的修为与报君知相比，便如螳臂当车一般。他们互相交换着眼色，慌忙地聚在一起后退，连秋离也顾不上谋划了。

谁知刚走了几步，这些人忽然接连惨叫痛呼，倒在地上痛

苦地打起滚来，身上器官都开始幻化成为虚形兽的模样，有的长出四条龟腿，有的身躯变为蟒蛇，有的周身生出利刺……他们个个穿着衣服口说人语，却全没了人的样貌。

秋离因为方才内力耗损过度，已经没能力再幻化人身，只得依旧保持着本相。他看见众风水师的惨状，以为是报君知出手惩罚众人，一时间惊骇至极，望着报君知踌躇道：“那您……要如何处置我呢？”

报君知淡淡道：“一个舍弃自己灵元去救治弱小的好人，一个尽心抚养弃儿的父亲，我有什么权力和理由去处置呢？”

秋离听完稍稍放心，但低头看看自己，又苦笑道：“人？可我并非人类，甚至这么多年来都无法修炼出人身。”

报君知道：“你种类奇异，与普通精怪不同，因为力量对其他生灵具有威胁，所以天道多添阻碍。每一只赤眸金鬃虎，自出生起都带着一个化身劫，若非修炼到完美无瑕，且有五名风水师的加持力协助，是无法破除劫数获得人身的。

“但今日我用‘他心通’观你过往的种种作为，觉得你已经拥有了幻化成人至关重要的一点。”

秋离疑惑道：“是什么？”

报君知微笑：“人性！”

他又转身对着滚在地上哀告求饶的众风水师道：“别叫唤了，当初，你们个个急功近利，为了增长内力，甘愿在自己肉身中豢养精怪的神识。如今施术者已经神魂消散，再无人替你们压制身体内的恶术，那些精怪的神识醒觉，如今想要鸠占鹊巢，独享肉身了。”

众人听见这样说，都奋力爬起跪伏在地高一声低一声道：“我们知道错了，自此愿意痛改前非，求您给个解救的方法。”

瘦脸风水师已经长出了猿猴的四肢与尾巴，跪着膝行向前叫道：“我们当初鬼迷心窍，如今落到这样的下场，无辞可辩！看在同道的分儿上，请帮帮我们吧！我们自此一定洗心革面，绝不再做一点偏离正道的事情！”

报君知轻笑道：“解救的法子嘛，你们若是肯将自己所有的加持力与修为都……”他指了指秋离，接着说，“灌注到他的身上，助他将肉身神识修补得全无瑕疵，那么便可消融了自身的虚兽，恢复成一个正常人。若是不愿意，诸位今后就只能吃草的吃草、爬树的爬树、钻洞的钻洞了。”

众人互相望望，少顷一起叹息点头，个个忍着疼痛，争先恐后地向着秋离扑去。

秋离惊得要躲，却被他们一起按住，强行注入了加持力。

报君知在旁侧，边看边数：“三十年……五十年……七十年……一百五十年……够数了！”

话音刚落，被众人压制着的秋离忽然觉得胸中一阵剧烈震

荡，身体里有股充沛的力道瞬间四下流转。他忍不住奋力将众人推开，仰天一声长啸，然而喉中发出的却是清脆的金属碰撞声。他惊怔片刻，紧接着又控制不住地张开嘴，这次发出的是敲击瓷器的悠长声。他慌乱中将嘴闭上，却挡不住口中传来八声闷闷的鼓音。

八声鼓音里巨大的玉虎身形忽然委顿下去，转眼幻化成了人身。秋离一脸迷茫地后退两步，用手抚着自己的喉咙颤声道："这是……怎么回事？"

报君知打量着他，一步步向前，微笑道："金钟一声弃前缘，玉罄一声断旧念，八声法鼓贺新生。恭喜！你的化身劫已经破除了！"

报君知向着远处轻挥左手，包裹着暖暖的禁护鸟巢悠悠飞来，落在一身黑衣的秋离脚下。

暖暖自巢中站起揉揉眼睛望着秋离道："爸爸，我们回家吧！"

"回家！回家！"秋离那一刻几乎哽咽，连忙俯身抱起女儿。

报君知在他们身后微笑看了一会儿，转身离开。等秋离想起要和报君知道谢，已经找不到他的身影……

秋离带着女儿走出修理厂的时候，天色已近黄昏。怕女儿肚子饿，他跑到路边的甜点店买了两只夹满了奶油的“卡滋滋”给女儿。

暖暖惊呼一声接过来，大口咬嚼起来。

秋离望着吃得香甜的女儿，有些犹豫，他艰难地低声道：“暖暖，你刚才看到我变成那个样子了？”

“看见了！”

“那你……还愿意叫我爸爸？”

“愿意啊！你本来就是我爸爸！”暖暖用力吸着“卡滋滋”里的奶油，诧异地抬起头，“再说，你那个样子有什么好奇怪的，我经常见啊！”

“什么？”秋离惊怔地停下脚步，“什么叫……经常见？”

暖暖满不在乎地道：“你每次打呼噜打得特别狠，就会砰地变成那个样子。”

“你说什么？”秋离大喝一声，几乎要昏厥过去。过了好一会儿，他勉强将气息喘均匀，强自拿出些父亲的尊严来，严肃地问，“你……一共……见到过几次？”

暖暖想了想，摇头：“我记不得了，好多好多次。”

秋离只觉心里有一万头神兽呼啸而过，恨不得立时就跑到黑市找到卖给他“褂讪散”的奸商，狠狠暴揍一顿。

他望着暖暖，觉得自己所有已知的词汇加在一起，都不足

以形容此时此刻复杂的心情。但这个节骨眼上，沉默更是不可能，于是他轻咳一声，试图给孩子一个相对合理的答案：“这世界其实挺混乱……挺难明白的！有很多……神奇的事情。”

暖暖的思绪毫无障碍地跟随着转换过来，简短地回答道：“嗯。”

“这些事情一旦发生，我都不知道该怎么解释……”

“嗯。”

秋离镇定了一些，又道：“其实更多的时候，是难以预料……无法控制的。其实，这个世界……”他终于语塞，颓然地叹了一口气，轻声道，“这个世界有点复杂，你……你……会害怕吗？”

“不会！”暖暖微笑着注视前方，“我有你呀！”

秋离微微惊怔，心中暖流汹涌。他将头扭过去，神情并无明显的变化，仿佛没听见这话一样。

两人继续并排走着，手臂随意摆动，暖暖白胖的小手不时触碰到秋离骨结粗壮的大手，过了一会儿，那大手将小手握住，缓缓地、缓缓地包裹在了掌心。